10 / 10

Denis Côté

Les aventures de Michel Lenoir

Tome II

L'idole des Inactifs

D1003037

la courte échelle

Les éditions de la courte échelle inc.
5243, boul. Saint-Laurent
Montréal (Québec) H2T 1S4

Directrice de collection:
Annie Langlois

Révision:
Odette Lord

Conception graphique de l'intérieur:
Derome design inc.

Dépôt légal, 2e trimestre 2005
Bibliothèque nationale du Québec

La courte échelle reconnaît l'aide financière du gouvernement du Canada
par l'entremise du Programme d'aide au développement de l'industrie de
l'édition pour ses activités d'édition. La courte échelle est aussi inscrite au
programme de subvention globale du Conseil des Arts du Canada et reçoit
l'appui du gouvernement du Québec par l'intermédiaire de la SODEC.

La courte échelle bénéficie également du Programme de crédit d'impôt
pour l'édition de livres — Gestion SODEC — du gouvernement du
Québec.

Données de catalogage avant publication (Canada)

Côté, Denis

L'idole des Inactifs

Réédition

(Roman Ado; ADO002)
Suite de: La révolte des Inactifs.
Publ. à l'origine dans la coll.: Roman+. 1989.

ISBN 2-89021-796-5

I. Titre. II. Collection.

PS8555.O767I36 2005   jC843'.54   C2005-940515-5
PS9555.O767I36 2005

Denis Côté

Denis Côté est un maître de la littérature fantastique et ses fans lisent avec passion chacun de ses romans. Denis Côté est né le 1ᵉʳ janvier 1954 à Québec, où il vit toujours. Diplômé en littérature, il a exercé plusieurs métiers avant de devenir écrivain à plein temps.

Denis Côté a reçu de nombreux prix au cours de sa carrière, dont le Prix du Conseil des Arts, le Grand Prix de la science-fiction et du fantastique québécois, le prix du livre M. Christie, le Prix du rayonnement international du Conseil de la Culture de Québec, le Coup de Coeur Communication-Jeunesse de l'écrivain le plus aimé. Le Grand Prix Brive/Montréal du livre pour adolescents a couronné l'ensemble de son oeuvre. De plus, il a reçu à deux reprises le premier prix des clubs de lecture Livromagie.

Dans la collection Roman Jeunesse, trois de ses romans ont été adaptés pour la série télévisée *Les aventures de la courte échelle*. Plusieurs de ses livres ont été traduits en anglais, en chinois, en danois, en espagnol, en italien et en néerlandais.

Du même auteur, à la courte échelle

Collection Premier Roman
Un parfum de mystère

Collection Roman Jeunesse
Les géants de Blizzard

Série Maxime:
Les prisonniers du zoo
Le voyage dans le temps
La nuit du vampire
Les yeux d'émeraude
Le parc aux sortilèges
La trahison du vampire
L'île du savant fou
Les otages de la terreur
La machine à rajeunir
La forêt aux mille et un périls tome 1
La forêt aux mille et un périls tome 2

Collection Mon Roman
Série Jos Tempête:
La machination du Scorpion noir

Collection Roman+
Terminus cauchemar
Descente aux enfers
Aux portes de l'horreur
Les prédateurs de l'ombre
Les chemins de Mirlande

Collection Ado
Série les Inactifs:
L'arrivée des Inactifs
L'idole des Inactifs
La révolte des Inactifs
Le retour des Inactifs

Denis Côté

Les aventures de Michel Lenoir

Tome II

L'idole des Inactifs

la courte échelle

Ville de Lost Ark

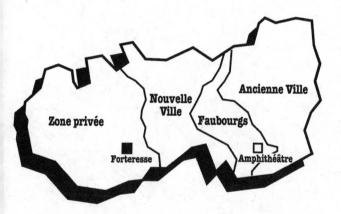

Avant-propos

Cette histoire se passe en 2013, à Lost Ark, capitale du Freedom State. Le Freedom State se trouve sur la côte ouest des États-Unis.

En 2013, bien des choses ont changé par rapport à aujourd'hui.

Le chômage est si répandu qu'occuper un emploi est devenu un privilège.

Ceux qui travaillent sont appelés les Actifs. Quant aux Inactifs, ils sont de plus en plus nombreux et ils survivent comme ils le peuvent.

À cause de la pollution, l'air extérieur est à peine respirable. L'eau a maintenant la même valeur que le pétrole. Le bois vaut son pesant d'or.

Les ressources alimentaires de la planète diminuent sans cesse. Seuls les riches mangent parfois des légumes ou de la viande. Les Inactifs doivent se contenter de céréales.

Et il y a aussi les robots.

Des machines à forme humaine qui peuvent remplacer les gens dans tous les secteurs d'activité.

Dans tous, oui.

Y compris dans le sport.

Chapitre 1

Le dieu aux cheveux blancs

Seule chez elle, Virginia Lynx était assise devant son téléviseur. Le visage de Michel Lenoir remplissait l'écran.

Virginia Lynx connaissait bien Michel Lenoir. Plus exactement, elle l'avait déjà très bien connu.

Journaliste, elle travaillait à *La Mère l'Oie*, l'un des derniers journaux qui existaient encore à Lost Ark.

Peu de gens avaient rencontré Michel Lenoir en personne, mais tous les citoyens du Freedom State le connaissaient. Michel jouait au hockey pour les Raiders de Lost Ark. Il était considéré comme le meilleur joueur du monde.

Michel était beaucoup plus qu'une idole. Les citoyens du Freedom State le considéraient plutôt comme un dieu.

Sur l'écran de télévision, son visage respirait la santé et la jeunesse. Les muscles de sa mâchoire étaient tendus, mais juste assez pour affirmer sa détermination. Toutefois, son expression un peu grave était modérée par un sourire. La lumière faisait scintiller ses yeux, façonnant un regard qui captait irrésistiblement l'attention.

Même s'il exerçait un métier dangereux, peu de cicatrices marquaient son visage. La plupart des téléspectateurs croyaient fermement que Michel était à l'abri des blessures.

Le visage recula un peu. Coiffée selon la toute dernière mode, la chevelure semblait balayée par le vent. Sa blancheur éclatait comme neige au soleil et formait une auréole mouvante autour de sa tête.

Virginia Lynx maugréa. Cette mise en scène la dégoûtait.

Le regard de Michel changea de direction. On voyait maintenant l'athlète de la tête aux pieds.

Michel n'avait pas à bouger ni à prendre une pose. On devinait l'énergie qui l'animait. Un trucage ayant tout effacé autour de lui, il paraissait léviter. On aurait dit que ses dons extraordinaires lui permettaient de se soustraire aux lois de la physique.

Un dieu, oui! Le propriétaire des Raiders avait réussi à faire de Michel un dieu!

Bien sûr, Michel Lenoir jouait mieux que jamais. La présente saison de hockey s'annonçait la meilleure de sa carrière.

Partout en Amérique du Nord, la robustesse et la violence gangrenaient le hockey professionnel, à tel point que les joueurs habiles n'y avaient plus leur place. Les carrières ne duraient pas longtemps, surtout à cause des blessures. L'équipe des Raiders, par exemple, avait été complètement renouvelée au cours des trois dernières années.

Parmi ces mastodontes sans talent qui envahissaient les patinoires, Michel demeurait l'un des derniers véritables hockeyeurs. D'une saison à l'autre, il battait les records que lui-même avait établis. Sa popularité s'accroissait constamment. Plus que jamais, il représentait l'énergie et le courage.

Il parla enfin. Grâce à un maquillage acoustique, sa voix semblait chaleureuse et autoritaire. Devant quelqu'un qui avait une voix pareille, on se sentait diminué, petit, insignifiant. Il suffisait de l'entendre, sans même porter attention aux paroles, pour éprouver de la confiance.

— Ça ne va pas si mal que ça, annonce Michel.

Et ces mots si simples éveillèrent chez des millions de gens de formidables émotions. Tout ce qui allait être dit serait reçu comme un inestimable trésor. La parole de Michel était une nourriture sacrée.

Le dieu aux cheveux blancs fixait l'objectif de la caméra et chacun se croyait personnellement regardé, couvé, aimé de lui. Ceux qui ne ressentaient pas cette émotion ne faisaient pas partie de son public.

— Beaucoup de gens se plaignent, d'après ce qu'on m'a rapporté. Des Inactifs racontent qu'ils crèvent de faim. Des Actifs ont peur de perdre leur emploi et accusent les robots.

À Lost Ark, les Inactifs vivaient dans un quartier délabré qu'on appelait l'«Ancienne Ville». C'étaient des gens extrêmement pauvres dont la seule distraction consistait à s'émerveiller devant les prouesses sportives de Michel Lenoir.

Les Actifs, eux, habitaient un quartier plus récent appelé la «Nouvelle Ville».

— Chez les Actifs, des gens au ventre plein contestent nos dirigeants. On m'a dit aussi que, dans l'Ancienne Ville, des Inactifs paradent à travers les rues en criant des injures contre nos chefs. Partout, la voix de la haine voudrait se faire entendre. C'est ce qu'on m'a répété.

Gros plan de Michel. Son visage s'était durci. Pourtant sa voix resta la même quand il reprit:

— Oui, on m'a dit tout ça. Mais je ne peux pas le croire.

Cette dernière phrase avait claqué comme un fouet.

Michel tourna la tête vers une autre caméra. Son sourire était revenu. On voyait de nouveau l'athlète de la tête aux pieds, flottant dans un azur créé pour lui seul.

— Je ne peux pas le croire, parce que je connais les citoyens de Lost Ark et du Freedom State. Peu importe à quelle catégorie sociale ils appartiennent, je sais trop bien que tous ces gens sont plus raisonnables que ça. Ils ne sont pas assez fous pour mordre la main qui les nourrit, pour cracher sur les chefs qui travaillent pour eux, qui réfléchissent pour eux et qui, en fin de compte, sont plus sages qu'eux.

Virginia Lynx faillit éteindre l'appareil. Ce n'était pourtant pas la première fois qu'elle entendait ces messages. Mais à chaque occasion, la colère s'emparait d'elle.

Non. Le Michel Lenoir qu'elle avait connu ne ressemblait pas à cet homme stupide, prétentieux et trop sûr de lui.

Virginia se souvenait.

Elle avait fait sa connaissance trois ans auparavant, lors de la première série de hockey contre les robots. Michel avait alors dix-huit ans.

Torturé par ses incertitudes, il avait perdu peu à peu toute sa confiance en lui. La Fédération internationale de hockey, son patron David Swindler, la presse, le public, tout le monde avait misé sur ses talents exceptionnels pour remporter la victoire.

Il avait pourtant connu une série médiocre, absolument pas à la hauteur de sa réputation. Et Michel n'avait retrouvé ses moyens qu'au cours du troisième et dernier match, à la suite d'une rencontre avec elle, Virginia Lynx.

S'appuyant sur des informations secrètes,

elle lui avait appris que David Swindler jouait double jeu lors de cette série. En plus d'être l'un des responsables de l'équipe humaine en tant que dirigeant de la Fédération de hockey, il était aussi propriétaire du consortium qui avait créé les joueurs-robots. En réalité, Swindler dirigeait donc les deux équipes.

Pourquoi avait-il monté cette machination? La série de hockey avait servi de promotion au lancement des robots sur le marché. Et l'objectif avait été atteint, sinon dépassé. Car depuis trois ans, les robots prenaient de plus en plus de place au sein du monde du travail. Par conséquent, le taux de chômage s'était considérablement élevé et le nombre d'Inactifs était monté en flèche.

Après le troisième match, Michel avait dû s'enfuir dans l'Ancienne Ville. Son patron le considérait dorénavant comme dangereux puisqu'il en savait trop.

Durant quelques semaines, on n'avait eu aucune nouvelle de lui. Puis il était rentré au bercail et il avait ensuite fait des excuses publiques à David Swindler, en promettant de lui vouer désormais une obéissance absolue.

Virginia n'avait pas compris ce revirement.

Voilà en plus que depuis quelque temps, les stations de télévision diffusaient ces messages absurdes où Michel incitait la population à suivre son exemple!

À l'écran, Michel pointait un doigt vers les téléspectateurs.

— Dites-moi donc pourquoi il faudrait avoir peur des robots? Vous le savez: les robots sont meilleurs que nous. Les robots sont parfaits. Il faut accepter leur présence. Au lieu de vous plaindre et de manifester dans les rues comme des enfants gâtés, retroussez vos manches! Imitez nos dirigeants! Prouvez votre valeur et vous serez récompensés!

Il s'assit sur un tabouret devant une table à un seul pied. Les deux meubles étaient translucides.

— Nos dirigeants savent ce qui est bon pour nous. Il faut leur faire confiance et leur obéir. Regardez, moi, par exemple. Vous vous souvenez, j'ai déjà eu la tentation de m'écarter du droit chemin. Heureusement, j'ai vite compris que je commettais une épouvantable erreur.

Il jeta un coup d'oeil nonchalant au

maigre repas qu'on lui avait servi, puis il revint à son public.

— Jamais plus il ne me viendra à l'esprit de contester les décisions de mon patron, le très sage David Swindler qui veille sur moi ainsi que sur nous tous.

Virginia s'était-elle donc trompée à propos de Michel?

Elle avait cru voir en lui un jeune homme sincère, révolté par les injustices qu'il découvrait peu à peu et incapable d'accepter qu'on le traite comme un vulgaire pion. En fin de compte, le meilleur joueur de hockey du monde n'était-il qu'un petit opportuniste prêt à n'importe quelle bassesse pour raffermir sa gloire?

Michel était devenu inaccessible. Aussitôt après son retour et la confession publique qui avait suivi, Virginia avait essayé de se mettre en contact avec lui. Impossible. Elle avait répété sa tentative de nombreuses fois. Et elle avait découvert que des mesures exceptionnelles avaient été prises dans le but de le subtiliser à la presse et à la population.

Michel était aussi bien protégé qu'un président. À une plus petite échelle, cette protection s'étendait à ses coéquipiers que les journalistes n'avaient plus le droit d'interviewer.

Outre ses participations aux matches de hockey, les seules apparitions publiques de Michel avaient lieu à la télévision ou sous forme d'hologrammes. Les cassettes contenant les messages étaient minutieusement préparées par des experts de la Zone privée, ce quartier où vivaient les détenteurs du pouvoir.

Afin de justifier les mesures de sécurité, on invoquait les risques d'attentats motivés par l'idolâtrie ou exécutés pour des raisons politiques.

Michel plongea sa cuiller dans le plat de cristal et prit une bouchée. Après avoir manifesté son plaisir par une moue d'approbation, il ajouta:

— La situation a déjà été bien pire, vous savez. Autrefois, il y a déjà eu des famines, des épidémies, des guerres et de l'esclavage. Que reste-t-il de tout ça aujourd'hui? Vraiment, ça ne va pas si mal. Il faut comprendre ça. Nos chefs savent parfaitement ce qui est bon pour nous. Il faut les écouter et leur obéir.

Michel prit une deuxième cuillerée de céréales, puis il mastiqua rêveusement, le regard perdu au loin.

Le message était terminé.

Virginia Lynx donna un coup de poing sur le sélecteur incorporé à l'accotoir de son fauteuil. L'écran mural s'éteignit.

Elle était furieuse.

Chapitre 2

Un nouveau scandale

Virginia remua sur son siège, croisa les jambes. Elle songea à faire repasser l'émission grâce au magnétoscope intégré au téléviseur, mais elle changea d'idée.

Elle se leva et marcha de long en large dans la pièce en gesticulant. Elle se parlait à elle-même en silence.

Virginia lorgna l'écran avec mauvaise humeur comme si Michel était toujours là, auréolé de sa tignasse de neige et exhibant son sourire hautain.

La sonnerie feutrée du téléphone la sortit de ses pensées. Elle décrocha l'appareil.

— Virginia Lynx, journal *La Mère l'Oie*.

S'apercevant soudain qu'elle n'était pas à

son bureau, elle se reprit:

— Euh... Allô!

— Je vois que ton travail t'obsède, dit une voix d'homme en riant. Aurais-tu besoin d'un peu de repos?

C'était Thomas, le rédacteur en chef du journal. Avant qu'il accède à ce poste, Virginia avait souvent eu l'occasion de travailler avec lui à des reportages particulièrement difficiles.

Thomas et elle s'étaient toujours bien entendus. Au point de vue professionnel, il existait entre eux cette complicité qui permettait les discussions orageuses et pourtant sans conséquence sur leur amitié.

Une semaine avant, Thomas s'était absenté pour négocier un prêt bancaire dans un État de la côte est. La situation financière de *La Mère l'Oie* frisait le désastre. En fait, le journal allait devoir fermer ses portes si l'immense trou budgétaire n'était pas bientôt comblé.

— Bonjour, Thomas! Tu as l'air de bonne humeur. Ta démarche a réussi?

— Je crois que nous nous en tirerons cette fois encore. N'empêche que quatre banques ont refusé de nous aider. Celle qui a accepté nous impose des conditions tyranniques. Si j'étais joueur, je ne parierais pas sur l'avenir de notre journal. Avec les troubles qui éclatent un peu partout dans le Freedom State, il n'y a pas grand monde qui apprécie nos articles.

— Ce n'est pas nouveau. *La Mère l'Oie* n'a jamais été très bien vue par ceux qui détiennent le pouvoir financier. Mais ce qui est grotesque, c'est que nous soyons maintenant obligés de demander de l'aide à ceux que nous dénonçons.

— Tu as raison. Pourtant nous n'avons pas le choix. Enfin!... Je t'appelle aussi pour savoir où tu en es avec ton reportage.

Le combiné toujours collé à son oreille, Virginia prit place dans un fauteuil. Derrière la baie vitrée, un véhicule de surveillance aérienne traversa lentement le ciel.

— Je commence la rédaction demain. Thomas, ce que j'ai appris est affreux, plus horrible encore que mes pires appréhensions.

— Ce réseau de spectacles sportifs existe vraiment?

— S'ils étaient en mesure de parler, les centaines de blessés et de morts le diraient mieux que moi.

— Et ça fonctionne comme tu le

soupçonnais?

— Les spectacles ont lieu exclusivement dans des salles de la Zone privée et ils sont réservés à un public sélect. Un billet coûte environ deux mille dollars. La représentation comprend des matches de boxe et de lutte surtout.

— Humains contre robots?

— C'est ça. Les pugilistes humains sont recrutés chez les Inactifs. Parce qu'ils n'ont plus rien à perdre, la plupart considèrent leur participation à ces spectacles comme une occasion de s'enrichir. À la signature du contrat, ils ignorent que jamais personne ne s'en est sorti indemne. Ces combats sont de véritables boucheries et les spectateurs s'en délectent.

— Tu as dit: des centaines de morts et de blessés?

— La majorité des Inactifs qui participent à ces combats se font tuer par leurs adversaires-robots. Les autres perdent un bras, une jambe, quand ce n'est pas les quatre membres ou qu'ils n'en sortent pas paralysés. C'est monstrueux!

À l'autre bout du fil, Thomas garda le silence un instant.

— Et tes informateurs sont dignes de foi?

— J'ai effectué beaucoup de vérifications. Oui, Thomas: cette histoire est authentique.

— Bon. Je veux ton article dans cinq jours. Nous le publierons au prochain numéro.

— Ça me va. À ton avis, que va-t-il se passer lorsque nous dévoilerons ce nouveau scandale?

— Rien, Virginia. Absolument rien. Nous n'avons pas assez de lecteurs pour influencer l'opinion publique. De toute façon, les gens ont atteint depuis longtemps le point de saturation en ce qui concerne les saloperies.

— C'est ce que je pensais, mais je voulais te l'entendre dire. Comme ça, nous restons dans notre élément naturel. Continuons à dénoncer des scandales épouvantables sans que ça produise le moindre effet. Thomas?

— Oui, Virginia?

— Nous faisons un boulot terriblement moche.

Thomas ne sut quoi répondre. Après un temps, Virginia reprit:

— Tu as vu le message télévisé tout à l'heure?

— Michel Lenoir? Oui, je l'ai vu.

— Qu'est-ce que tu en penses?

— Au risque de te chagriner, j'en pense beaucoup de mal. Vraiment, Lenoir se dépasse chaque fois dans l'imbécillité.

— Je ne me fais pas à l'idée que Michel ait changé à ce point. Quand je le vois à la télé, j'ai l'impression qu'il joue la comédie.

— Je crois plutôt que tu l'as simplement idéalisé. N'oublie pas qu'il n'avait que dix-huit ans lorsque tu l'as connu. Beaucoup de choses peuvent se produire chez quelqu'un de cet âge, surtout quand on est aussi riche et que le public nous adore.

Virginia allait l'interrompre, mais Thomas ne lui en laissa pas le temps.

— Tu l'as sans doute influencé un peu. Il s'est posé des questions. Puis le naturel est revenu au galop et Lenoir est redevenu ce qu'il avait toujours été: un instrument du pouvoir pour endormir les gens.

— C'est possible, je n'en suis pourtant pas convaincue, Thomas. À mon avis, Michel joue un rôle qu'il est forcé de jouer. Ou il est peut-être drogué, je l'ignore!

— S'il est sous l'emprise d'une drogue, ça n'affecte pas trop son rendement sur la patinoire, en tout cas. Sais-tu combien de buts il a à son actif, cette saison?

Virginia était au courant. Même qu'elle regardait chaque jour les actualités sportives pour savoir combien de buts il avait marqués la veille.

— Écoute, Thomas. Que Michel soit tenu ou non sous l'influence d'une drogue, j'en aurai le coeur net. Je vais savoir pourquoi il a tellement changé.

— Et tu t'y prendras comment?

Virginia réfléchit pendant quelques secondes.

— Toutes mes tentatives afin d'approcher Michel ont été vaines. Même chose en ce qui concerne ses coéquipiers actuels. Comme je veux savoir ce qui s'est passé immédiatement après son retour de chez les Inactifs, je dois trouver quelqu'un qui a assisté à sa transformation. Un de ses anciens coéquipiers, par exemple. Un joueur qui faisait partie des Raiders avant et après la fuite de Michel.

— Je vois. Seulement, Virginia, puisque tu es la seule au journal à avoir ce point de vue sur Michel Lenoir, tu vas devoir te débrouiller seule. Mène ta petite enquête comme tu voudras, mais ne me demande pas d'en couvrir les frais.

— C'est ainsi que je voyais le tableau.
C'est tout, Thomas?

— C'est tout. Je te dis au revoir. Oh! une
dernière chose...

— Oui?

— À propos de Lenoir, j'espère sincère-
ment que c'est toi qui as raison.

***

Le taxi emprunta un couloir aérien et
fila vers les Faubourgs. Les «Faubourgs»,
c'était le nom donné au quartier industriel
de Lost Ark, là où se dressaient les usines.
L'Amphithéâtre où jouaient les Raiders se
trouvait aussi dans ce quartier.

Assise sur le siège arrière, Virginia Lynx
regardait la nuque du chauffeur. Elle se
risquait parfois à jeter un coup d'oeil au
rétroviseur pour voir son visage. Elle ne
s'était pas encore habituée à ces chauffeurs-
robots, même si aucun humain ne pilotait
plus de taxi à Lost Ark depuis près de deux
ans.

Chaque fois qu'elle utilisait ce moyen de
transport, elle craignait que le robot ne se
détraque, ne devienne fou subitement.

Dans ces moments d'angoisse, elle imaginait le chauffeur qui se tournait vers elle et qui lui lançait: «Que diriez-vous d'un bel écrasement spectaculaire, ma petite dame? Je rêve à ça depuis que je pilote des taxis et, ce matin, je me suis levé en me promettant que ce serait pour aujourd'hui. Vous êtes prête? Faites vos prières, on descend!»

Mais cette crainte était insensée, elle le savait fort bien. À sa connaissance, les robots n'avaient aucun désir personnel ni aucune aspiration. Ils ne réfléchissaient même pas, au sens habituel du terme. De plus, de tels incidents ne s'étaient jamais produits.

Dans tous les secteurs où ils avaient été implantés, les robots étaient d'une efficacité et d'une fiabilité absolues. Lorsque ces nouveaux produits avaient commencé à envahir le marché du travail trois années auparavant, ils étaient déjà parfaitement au point.

Selon Virginia, cela signifiait d'ailleurs que leur arrivée était planifiée depuis longtemps et que la série de hockey n'avait été que la dernière étape d'une longue préparation.

Aujourd'hui, il n'y avait à peu près plus

de travailleurs manuels en fonction. Lorsqu'une entreprise exigeait un effort physique de sa main-d'oeuvre, elle préférait louer ou acheter des robots.

Mais l'invasion ne se limitait pas au secteur du travail manuel. Les travailleurs spécialisés et intellectuels étaient menacés, eux aussi, de perdre leur emploi à très court terme. Cela expliquait les troubles qui éclataient depuis quelques semaines à divers endroits de la Nouvelle Ville.

Oui, l'arrivée massive des robots dans les industries avait été longtemps préparée, Virginia en était sûre. David Swindler avait établi des contacts secrets avec les entreprises bien avant la série de hockey. Et maintenant, la population du Freedom State assistait, impuissante, à l'aboutissement de cette gigantesque opération.

Pour Virginia, l'enjeu se résumait à une question: quelle place auraient dorénavant les êtres humains à l'intérieur de cette société? Avec colère, elle se répétait qu'un système politique qui ne vise pas avant tout le mieux-être de la population n'est rien d'autre qu'un système dégénéré.

Quelques kilomètres plus bas, des professionnels en grève défilaient le long de l'artère principale de la Nouvelle Ville. La marche avait lieu dans l'ordre, mais pas en silence.

Évidemment, là où elle était, Virginia ne pouvait entendre les slogans lancés par ces milliers de voix. Elle devinait pourtant la rage et la peur ressenties par ces gens. Mieux: elle les éprouvait elle-même.

Car un jour viendrait sans doute où la société se passerait volontiers de journalistes comme elle. Elle se disait souvent que ce temps-là était d'ailleurs arrivé, que son travail était inutile, que ses articles n'intéressaient plus personne sinon quelques entêtés qui voulaient encore comprendre pourquoi tout allait si mal.

La manifestation était surveillée par deux unités de police différentes.

Les Carabiniers étaient des agents de la paix et leur mission consistait à maintenir l'ordre. C'était la police officielle du Freedom State.

L'autre unité était formée des Gardiens. En principe, ce corps de police protégeait les citoyens de la Zone privée et les entreprises qui leur appartenaient. Mais en réalité, les Gardiens avaient fini par devenir une véritable police parallèle, supplantant les Carabiniers grâce à leur équipement plus sophistiqué et à leurs méthodes moins conventionnelles.

Dans la lutte contre le terrorisme qui sévissait au coeur de la Nouvelle Ville depuis quelque temps, les Gardiens étaient en première ligne, tandis que les Carabiniers devaient se contenter de missions moins dangereuses. Même déséquilibre quand il s'agissait d'appliquer la Loi d'urgence imposée aux habitants de l'Ancienne Ville.

Chez les Inactifs, maintenir l'ordre aurait dû être la tâche des Carabiniers. Mais les Gardiens y étaient plus nombreux et plus efficaces, plus expéditifs aussi. Virginia ne s'étonnait donc pas des informations qu'elle recevait au sujet des bavures commises par les Gardiens: Inactifs battus lors de leur arrestation, torturés ensuite, puis souvent exécutés sans jugement.

Virginia observa de nouveau la nuque du robot. Par le rétroviseur, elle vit que le chauffeur la regardait. Elle frémit.

Le regard était humain, cordial presque, mais il possédait aussi quelque chose de glacial.

Elle essaya de se raisonner. Cette froideur

apparente venait du matériau utilisé pour fabriquer les yeux. Le robot n'avait rien contre elle. Il n'éprouvait aucune émotion. Il ne réfléchissait pas et se foutait bien de tout ce qui pouvait arriver, lui. Non, il ne lui proposerait pas soudain un joli petit écrasement vite fait!

En effet, le robot ne semblait pas disposé ce soir-là à lui jouer un sale tour. Rien d'anormal ne se passa et le taxi se posa tel que prévu sur l'aire de stationnement aménagée sur le toit de l'Amphithéâtre.

Le match de hockey allait débuter dans moins d'une heure.

Chapitre 3

Ton nom est noir, Michel

Virginia Lynx traversa la galerie de la presse en s'efforçant de faire claquer ses talons. Les journalistes des médias électroniques ne lui portaient aucune attention. Seul Arthur Prout tourna la tête et lui décocha un clin d'oeil grivois.

Depuis des années, ses «collègues» des autres médias la fuyaient comme la peste, obéissant à leur rancune professionnelle, mais aussi aux consignes de leurs employeurs. Virginia n'avait jamais vraiment accepté ce traitement, même si elle en comprenait fort bien les raisons.

Contrairement aux autres journalistes qui diffusaient seulement la propagande officielle, ceux de *La Mère l'Oie* s'acharnaient en quelque sorte à fouiller les poubelles du pouvoir.

Presque toutes les stations de télé et de radio du Freedom State étaient entre les mains de David Swindler. Il était propriétaire des Raiders de Lost Ark ainsi que de nombreuses entreprises de pointe dans le monde entier.

Depuis le Hermann Kahn Building, communément appelé la «Forteresse», Swindler exerçait un pouvoir occulte et tentaculaire sur une partie de la planète. Son influence au Freedom State était si grande qu'il aurait dû être considéré comme le vrai chef de l'État. Mais parce qu'il préférait s'entourer de mystère, Swindler n'avait aucune responsabilité politique officielle.

En compagnie de Michel Lenoir, Virginia avait jadis percé une partie de ce mystère. Elle savait que Swindler était au moins centenaire et qu'à l'intérieur de la Forteresse, une équipe médicale le maintenait en vie artificiellement. Mort vivant soumis aux caprices de la bio-informatique, Swindler n'en était pas moins l'un des personnages les plus puissants du monde.

Virginia déposa sa serviette sur le bureau

et s'assit.

Comme toujours, l'Amphithéâtre était bourré d'Inactifs venus jouir du spectacle et adorer leur dieu. Malgré la musique crachée par les enceintes acoustiques, on entendait très bien le vacarme des spectateurs.

Lorsqu'elle regarda l'Aquarium, ce dôme électromagnétique recouvrant la patinoire, Virginia se rappela son enfance, quand elle assistait à des parties de hockey avec sa mère. À cette époque moins agitée, il n'était pas nécessaire de protéger ainsi les athlètes de la foule.

L'Aquarium était apparu au cours de la décennie précédente, après la quinzaine d'attentats commis contre des joueurs aux États-Unis et au Canada.

Quand le jeu commença, le regard de Virginia chercha immédiatement Michel Lenoir et ne le quitta plus.

À cause de la rudesse qui caractérisait le hockey actuel, le match prenait un peu l'allure d'une partie de billard électronique, les joueurs faisant office de boules. Sans le dôme qui étouffait les bruits de la patinoire, on aurait peut-être pu entendre les injures criées par les joueurs, les plaintes de ceux qui essuyaient un plaquage, le craquement des os.

Cette violence excitait le public qui en redemandait. Malgré sa compassion devant leur misère, Virginia ne pouvait s'empêcher de comparer les 20 000 spectateurs à une épouvantable volée de charognards. Quelle différence y avait-il, au fond, entre ce public pauvre et celui de la Zone privée?

Son enquête avait fait la lumière sur la dernière des atrocités: les combats mortels entre robots et Inactifs, organisés pour le plaisir des riches qui salivaient devant le spectacle. Ce soir, elle assistait à un autre genre de carnage, plus officiel et moins sanglant, mais répondant à la même pulsion de mort.

Heureusement, le style de Michel Lenoir contrastait avec celui des autres joueurs. Insaisissable quand ses adversaires voulaient le frapper ou le retenir, Michel filait sur la patinoire tel un être immatériel.

Il allait où il voulait, contrôlant le disque à sa guise et exécutant des passes qui confondaient parfois ses propres coéquipiers. Dans des angles impossibles, il tirait vers le but avec une précision étonnante, surprenant presque toujours le gardien.

À chacune de ses apparitions, les spectateurs se levaient et demeuraient debout. Puis Michel Lenoir retournait à son siège, séparé du banc de l'équipe par une baie vitrée. Même en tant que joueur, il avait un traitement particulier, comme si demeurer parmi les autres pouvait corrompre son talent. Et c'était ainsi depuis les trois dernières années.

Michel était un virtuose perdu parmi un orchestre de novices.

Après une dizaine de minutes, il marqua son premier but de la soirée. La foule se déchaîna. Il y eut des bagarres et quelqu'un déboula un escalier pour aller se fracasser le crâne au bas des marches. Ces incidents faisaient partie du spectacle, ils n'empêchèrent donc pas les spectateurs d'entonner l'hymne à la gloire de leur héros:

Ton nom est noir, Michel,
Tes cheveux sont blancs.
Mais ton coeur pour nous, Michel,
A la couleur du soleil.

Tout le long du match, Virginia Lynx resta hypnotisée par le brio de Lenoir.

Elle songeait à quel point Michel était dangereux. Si Thomas avait raison, David

Swindler réussirait longtemps à manipuler la population par le biais du joueur de hockey. Michel était aimé, adulé, adoré. Une secte religieuse vouée à son culte n'était-elle pas apparue dans l'Ancienne Ville? Michel n'avait qu'un signe à faire pour qu'une grande partie de la population le suive, peu importait la destination.

Pourtant Virginia demeurait perplexe. Quelque chose clochait.

Elle avait connu Michel. Elle avait été témoin de sa révolte. Elle ne pouvait concevoir que cet homme soit devenu volontairement le complice du pouvoir.

***

Pendant ces matches, tous les spectateurs n'atteignaient pas les sommets de l'hystérie. Les enfants, par exemple, gardaient plus facilement leur calme. Toutefois la foule comprenait surtout des adultes, car le prix des billets était si élevé que les Inactifs devaient économiser longtemps avant de connaître ces moments d'extase.

Très haut dans les balcons, un groupe de cinq Inactifs réagissait avec moins de fougue. Les deux enfants et leur père riaient, tapaient des mains, lançaient des cris d'émerveillement, tandis que les deux autres adultes regardaient tranquillement la partie.

La femme étudiait le jeu comme une mathématicienne s'intéresse à un calcul compliqué. L'autre homme, plus jeune que le premier, s'attardait plutôt aux réactions de la foule. Après que les spectateurs eurent cessé de hurler à la suite du cinquième but de Michel Lenoir, la femme se pencha vers le jeune homme.

— Ce Michel Lenoir! Quel chef extraordinaire il ferait s'il était de notre côté! Je suis sûre que plein de gens iraient jusqu'à se faire tuer s'il le leur demandait.

— Tu exagères, Janet, répondit l'homme avec lassitude.

— J'exagère? Voyons, John, tu ne vois pas cette foule? Elle est survoltée. Michel Lenoir la rend complètement folle. C'est comme si ces milliers de gens avaient le coup de foudre pour lui.

— Je la vois, la foule, ne t'en fais pas. Je ne vois qu'elle. Et elle me donne mal au coeur.

— C'est parce qu'elle est mal dirigée. Si Michel Lenoir travaillait avec nous, ça ne se passerait pas de cette façon. Il pourrait orienter les gens vers quelque chose de plus positif. Dommage que ce soit un traître. Ah oui, dommage! Parce que s'il était avec nous...

À court d'arguments, elle se tut.

— Il est peut-être avec vous, d'une certaine manière, dit John.

— Avec *vous*? John, tu m'énerves chaque fois que tu parles de cette façon-là. C'est quoi, cette habitude de dire *vous* au lieu de *nous*, comme si tu ne participais pas à notre lutte?

Agacé, John répondit:

— Je m'excuse, ce n'est qu'une manière de parler. Votre combat a bien plus d'importance pour moi que tu ne le penses souvent. Enfin, je veux dire *notre* combat.

Le regard de Janet était chargé de reproches. Puis, au moment où les spectateurs se levaient encore, elle se tourna vers la patinoire.

John était maigre, ainsi que la plupart des Inactifs. Ses cheveux étaient bruns et ras. Il avait le nez très aplati et sa mâchoire était légèrement de travers.

Il continua d'observer les milliers de gens qui l'entouraient. Il voyait en eux des fanatiques rendus fous par la misère. Les

Inactifs menaient une vie tellement vide, tellement désespérée, qu'ils ne vivaient à présent qu'en fonction de Michel Lenoir. Pour combler ce vide immense, ils s'étaient inventé un dieu. Plus exactement: ils avaient adopté avec plaisir ce dieu créé de toutes pièces à leur intention.

John serra les poings. Se forçant à s'intéresser aux prouesses de Michel Lenoir, il se détendit peu à peu et oublia momentanément les raisons de sa fureur.

Après la partie, un formidable attroupement se forma à l'extérieur de l'Amphithéâtre.

À une dizaine de mètres au-dessus de l'édifice, le groupe rock Homo Sapiens jouait le morceau qui l'avait rendu populaire: *Le hockeyeur aux cheveux d'ange.* Musiciens, instruments, appareils de son et d'éclairage étaient installés sur une dalle antigravitationnelle en forme de soucoupe.

La musique était tonitruante, l'éclairage violent. On aurait cru assister au déchaînement de quelque force cosmique. Les rayons lasers fusaient en tout sens, produisant des hologrammes qui illustraient les paroles de la chanson. Des gerbes de couleurs explosaient au rythme de la musique.

Les musiciens eux-mêmes paraissaient sortis d'un rêve, changeant de taille grâce à des trucages optiques et devenant tantôt invisibles tantôt aveuglants de lumière.

Serrés les uns contre les autres, les spectateurs se trémoussaient tant bien que mal, incapables de résister à l'envoûtement. La chanson racontait les exploits imaginaires de Michel Lenoir, au cours d'aventures fictives vécues dans d'autres mondes.

Il est là, le hockeyeur
aux cheveux d'ange,
Face au cyclope
aux immenses mains de sang.
L'humanité n'attend qu'un geste
De celui qui la sauvera.
Car Michel Lenoir ne craint pas la mort.
Voyez!
Ses patins le soulèvent
au-dessus de l'ennemi grimaçant.
De son bâton fuse un éclair
et le monstre est terrassé.

— Allons-nous-en! cria John. C'est vraiment trop idiot!

Les deux enfants voulaient rester. Mais Allan, leur père, les força à avancer. Durant le trajet jusqu'à l'Ancienne Ville, les petits se retournèrent souvent pour capter encore quelques bribes du spectacle.

Plus ils s'éloignaient de l'Amphithéâtre, plus les policiers se faisaient nombreux. Certains injuriaient les marcheurs, les pressant de rentrer avant le couvre-feu. John consulta sa montre: 22 h 32. Il leur restait encore près de trente minutes.

La musique était encore audible lorsqu'ils entrèrent dans l'Ancienne Ville. Les Inactifs qui se trouvaient dehors revenaient presque tous du match de hockey. Partout des Carabiniers et des Gardiens armés scrutaient le visage des passants et lançaient des insultes à ceux qui se traînaient les pieds.

John se méfiait des Gardiens, mais il y avait pire. Il avait surtout peur des Sherlocks, ces robots élancés et d'aspect fragile qui leur servaient d'assistants.

Les Sherlocks constituaient la dernière trouvaille en matière de surveillance policière et de répression. Ils se déplaçaient plus rapidement qu'aucun être humain et pouvaient s'infiltrer presque n'importe où à cause de leur minceur.

En outre, ils étaient munis d'une quantité d'objectifs, de micros directionnels et de dépisteurs sensoriels qui s'agitaient continuellement. Couplés à un micro-ordinateur interne, ces instruments leur permettaient de retracer un suspect parmi une foule et de le suivre durant des kilomètres, si nécessaire.

On racontait aussi que ces robots renfermaient chacun une mini-bombe pouvant tout détruire dans un rayon de cinq mètres. Les Sherlocks conjuguaient l'efficacité des meilleurs chiens pisteurs, l'habileté des espions les mieux entraînés et l'aveuglement suicidaire des kamikazes.

N'importe quel citoyen de Lost Ark qui ne suivait pas la ligne de pensée des gouvernants avait raison de craindre les Sherlocks. Voilà pourquoi John s'éloignait aussitôt qu'il en apercevait un.

Mais comment toujours les éviter quand l'Ancienne Ville était tombée sous le coup de la Loi d'urgence? Le déploiement des forces policières la faisait ressembler à une ville occupée par une armée ennemie. Pas moyen de déambuler quelque part sans croiser une patrouille de police ou l'un de ces détestables robots-fouineurs.

Depuis la proclamation de la loi, les

Inactifs se sentaient écrasés par une autorité qu'ils ne comprenaient pas.

— Nous nous séparons ici, dit John à ses compagnons. Par les temps qui courent, ils arrêtent qui ils veulent juste pour le plaisir. Je ne voudrais pas qu'ils nous prennent les cinq ensemble.

Allan partit de son côté avec les enfants, tandis que Janet prenait une autre direction. Ils se retrouveraient tout à l'heure si rien n'arrivait entre-temps.

Une fois seul, John se sentit mieux. S'il se faisait aborder maintenant, les autres pourraient s'en tirer.

Il pensait surtout aux enfants. Dans cette situation pourrie, ces enfants étaient des victimes doublement innocentes. Comme l'ensemble des Inactifs, ils subissaient une privation permanente sans l'avoir méritée. Mais en plus, ils n'avaient même pas conscience de ce que les adultes de leur communauté mijotaient.

John se frayait un chemin parmi les marcheurs quand, soudain, il fut cloué sur place par une prodigieuse lumière venant du ciel. Pendant quelques secondes, pris de panique, il se demanda ce qui arrivait. Puis la lumière faiblit légèrement.

Les mains devant les yeux, il distingua la silhouette d'un véhicule aérien de surveillance. Ces engins en forme de lentille, trop petits pour transporter des passagers, étaient téléguidés à partir des postes de police qui parsemaient la ville.

Comme les Sherlocks, ces machines espionnaient à qui mieux mieux à l'aide de minuscules caméras. Le soir, elles jetaient souvent sur la foule la lumière de leurs projecteurs afin d'enregistrer le plus de détails possible.

John changea de route. À présent, il se trouvait à proximité de l'immeuble qui lui servait de refuge.

Alerté par des cris, il se retourna. Trois Gardiens tentaient de maîtriser une femme qui se débattait énergiquement.

— Laissez-moi tranquille! Vous n'avez pas le droit de me toucher! Bandits! Je sais ce que vous allez me faire, salauds!

Cette femme serait torturée, violée peut-être. Les Carabiniers et les Gardiens étaient devenus les maîtres de l'Ancienne Ville. S'ils avaient des comptes à rendre en haut lieu, leurs supérieurs étaient sûrement très tolérants quant aux moyens à prendre pour traquer l'ennemi.

Habitués à subir cette violence, les Inactifs qui rentraient chez eux ne prêtaient pas attention à la femme. Un instant, John fut tenté de se porter à son secours. Puis bêtement, la raison l'emporta.

Seul avec elle contre trois Gardiens armés, sans compter les autres qui grouillaient dans les environs, il n'avait aucune chance. Tout ce qu'il retirerait serait sa propre arrestation, sinon la mort. Quant à la femme, elle n'y gagnerait rien, sauf quelques secondes de sursis.

— Au secours, faites quelque chose! Aidez-moi!

Honteusement, John se détourna et accéléra sa marche.

Les cris de la femme retentissaient à ses oreilles. Il se mit presque à courir.

Quand la femme se tut, assommée sans doute, il se haïssait parce qu'il avait fui.

Chapitre 4

Shade

John s'engouffra dans le hall de l'ancien édifice à bureaux. Les portes vitrées avaient été fracassées il y avait tellement longtemps qu'aucun débris de verre n'était plus visible.

L'obscurité l'empêcha de percevoir la saleté des murs et le délabrement du plafond. Même en plein jour cependant, il n'aurait pas fait davantage attention à ces détails. À cause de l'habitude, mais aussi parce qu'il songeait toujours à la femme qu'il avait laissée seule avec son malheur.

S'il voulait atteindre l'escalier, il devait se frayer un chemin à travers les corps endormis sur le sol. Quelqu'un le retint par une jambe en lui demandant s'il avait de quoi manger. C'était inutile: les membres de sa communauté avaient juste assez de nourriture pour eux-mêmes.

Au 12e étage, il s'arrêta devant une porte et frappa selon le code convenu. Des dormeurs couchés dans le couloir grognèrent quelques mots. Janet vint lui ouvrir.

— Tu es déjà là? demanda-t-il. Tu as fait vite. Les autres sont rentrés?

— Pas encore. Je m'inquiète.

Il était 23 h 6. L'heure du couvre-feu était dépassée depuis six minutes. John n'entra pas.

— Je vais à leur rencontre, dit-il.

— Non! Ils t'arrêteront à ton tour!

Sans répondre, il revint à l'escalier et descendit rapidement les marches.

Quand il fut sur le point d'arriver au rez-de-chaussée, des voix d'enfants montèrent vers lui. Il les reconnut avec soulagement.

— Qu'est-ce qui vous a retardés?

— C'est papa! lança la fillette. Il ne marche pas vite. Il dit qu'il est trop vieux.

Précédé des deux petits, Allan montait l'escalier en soufflant, main sur la rampe. John sourit. Il les accompagna en échangeant des blagues avec les enfants.

La communauté dont John faisait partie comptait une quinzaine de personnes. Elle vivait dans un ancien bureau comprenant trois locaux plutôt spacieux. Ce refuge ne leur permettait toutefois ni intimité ni confort, l'immeuble n'étant plus alimenté en eau courante et en électricité depuis longtemps. Mais pour les Inactifs, disposer d'un abri en permanence était un luxe rare.

John se considérait extrêmement chanceux d'avoir été hébergé par ce groupe plusieurs mois auparavant. S'il avait dû continuer à compter uniquement sur ses ressources, il serait certainement déjà mort de faim ou des suites d'une maladie que seule la médecine des riches pouvait guérir.

La communauté lui donnait l'occasion de consommer assez de protéines pour maintenir ses muscles en santé. Nombreux étaient les Inactifs dont le coeur, par exemple, rapetissait irrémédiablement, faute de nourriture adéquate.

Un local avait été aménagé en dortoir destiné aux adultes. Là, John s'était étendu sur son lit. Les conversations autour de lui l'empêchaient de dormir. Dans l'autre pièce, des enfants riaient. Son nez lui faisait mal.

Deux ans auparavant, alors qu'il errait

en quête d'un nouvel abri, des voyous s'étaient amusés à lui fracasser le visage. Il s'en était tiré avec certains os de la face brisés et le nez aplati comme une crêpe. La douleur l'avait fait horriblement souffrir durant des semaines. La fièvre l'avait affaibli.

John avait dû supporter cette souffrance, car il n'avait pas les moyens de se faire soigner. Aujourd'hui encore, il lui arrivait de ressentir la douleur, surtout le soir quand il était très fatigué ou très tendu.

Et justement, à la fin de cette journée-là, il avait les nerfs en boule. Il se rappelait le match de hockey.

Tant de violence lui répugnait. Et il était révolté par la réaction des spectateurs devant les exploits de Michel Lenoir. Michel Lenoir! La simple évocation de ce dieu des foules le mettait hors de lui. Son coeur battit plus fort. Son estomac se contracta jusqu'à la nausée. Le souvenir de la femme appréhendée par les Gardiens revint à son esprit.

Il changea de position dans son lit et essaya de chasser ces pensées.

Demain, la communauté recevrait la visite de Shade. John ne parvenait pas à dissiper ses mauvais sentiments à l'endroit de cette femme. Autour de lui, tout le monde l'admirait. Son intelligence, sa perspicacité, son sens de la stratégie en faisaient une leader naturelle.

John ne mettait pas en doute ses talents. Il croyait vraiment que personne ne pouvait mieux qu'elle assumer les responsabilités confiées par le mouvement. Pourtant...

N'était-elle pas un peu trop rationnelle, un peu trop insensible? L'objectif qui les animait tous ne l'aveuglait-il pas? Souvent il l'avait entendue prononcer la même phrase à propos de la rébellion qui se préparait: «La fin justifie les moyens.»

Selon elle, pour renverser le gouvernement et arracher le pouvoir à cette minorité qui régnait par l'injustice, il fallait se préparer à tout: mentir, trahir, torturer et tuer!

La lutte s'annonçait féroce et sanglante. John était convaincu de la justesse de leur cause. Cependant, il n'était pas certain de réussir à tuer un ennemi sans en éprouver un insurmontable dégoût.

***

Les adultes étaient assis en cercle à

même le sol, attentifs à la moindre parole tombant des lèvres de Shade. De l'autre côté de la cloison, les enfants laissés seuls essayaient de s'amuser.

Shade parlait habituellement avec flegme, comme si ses paroles avaient été longuement mûries jusqu'à être finalement débarrassées de la moindre émotion. Mais lorsqu'elle haussait le ton, ni sa voix ni ses paroles ne semblaient plus lui appartenir.

Les mots fusaient sans contrôle, chargés d'une hostilité qui faisait frémir ses auditeurs. En ces occasions, Shade vibrait de tout son être, secouée d'une fureur qui enflammait son regard.

Mieux valait alors ne pas la contredire ou encore se taire, si l'on voulait éviter d'être frappé par sa foudre. Les rebelles qu'elle supervisait éprouvaient pour elle un grand respect, mais aussi une immense crainte.

— Le jour de la grande bataille approche, disait-elle. Notre victoire n'est plus très loin. Ces longues années de souffrance et de privation vont se terminer. Tous unis dans la certitude d'agir pour la justice, nous nous lèverons et nous brandirons le poing en maudissant ceux qui nous ont si longtemps opprimés. Le pouvoir illégitime qui nous maintient aujourd'hui en pleine misère sera terrassé.

Terrassé!

Le discours de Shade rappela à John la chanson du groupe Homo Sapiens. *Michel Lenoir ne craint pas la mort. Voyez! Ses patins le soulèvent au-dessus de l'ennemi grimaçant. De son bâton fuse un éclair et le monstre est terrassé.*

— Notre rébellion s'organise, jour après jour. Hier encore, un commando de rebelles a investi un poste de Carabiniers pour s'emparer d'un précieux arsenal. Partout dans l'Ancienne Ville, nos futurs combattants se préparent. Ils attendent le signal du combat qui les mènera à la liberté et à la justice.

Shade fit une pause. Elle regarda ses auditeurs un à un, afin de s'assurer de leur accord.

Un silence tendu emplissait la pièce, parfois déchiré par le rire étouffé d'un enfant. Chacun retenait sa respiration, craignant que le moindre souffle ne soit perçu par Shade comme une offense.

— Et dans la Nouvelle Ville? dit soudain John. Y a-t-il des rebelles, là aussi?

Ou bien est-ce que les Inactifs seront les seuls à se battre?

Ses compagnons de tous les jours lui lancèrent des regards horrifiés. John venait de briser un silence sans l'autorisation de Shade! Avec impertinence, il avait demandé une information au lieu d'attendre qu'elle la livre lorsqu'elle jugerait le temps venu. Malgré les questions qui souvent brûlaient leurs lèvres, personne n'avait jamais osé agir ainsi.

Pourtant Shade ne s'offusqua pas. Les traits figés en un sourire de glace, elle se contenta de fixer John, puis elle demanda:

— Comment t'appelles-tu?

— John.

— Alors, John, je te dis que ta question est une bonne question. Et je vais y répondre. Il n'y a pas que les Inactifs qui souffrent en ce moment. Dans la Nouvelle Ville, des centaines d'Actifs ont perdu leur emploi au cours des derniers mois, relégués à l'enfer de la privation tout comme vous. La situation se détériore de jour en jour.

Elle s'adressait maintenant à l'assemblée entière.

— Tous ceux qui travaillent savent que

leur avenir est incertain. Chaque Actif de la Nouvelle Ville sera peut-être un Inactif demain. De plus en plus de gens le comprennent et se joignent à la rébellion. Notre lutte ne se cantonne pas à l'Ancienne Ville. Elle s'organise partout où s'est éveillée la conscience.

Ses yeux se posèrent de nouveau sur John.

— Le désir d'un monde neuf est en train de s'étendre partout à Lost Ark, partout dans le Freedom State.

John aurait aimé poser d'autres questions, mais il se retint. Plusieurs de ses compagnons souriaient, à la fois satisfaits de ces éclaircissements et soulagés devant le calme de Shade.

Il écoutait d'une oreille distraite à présent. Il n'avait rien à dire contre les dénonciations de Shade et ses incitations à la révolte. Néanmoins, les discours de cette femme étaient comme un stimulant qu'on lui aurait administré de force. Aussitôt que Shade se mettait à parler, un signal d'alarme sonnait en lui, l'empêchant d'accepter complètement ce qu'elle disait.

Un refrain chanté en choeur se superposa au discours et acheva de détourner son attention:

> *Ton nom est noir, Michel,*
> *Tes cheveux sont blancs.*
> *Mais ton coeur pour nous, Michel,*
> *A la couleur du soleil.*

Et les petites voix entonnèrent à nouveau la chanson sur un rythme plus rapide. Puis elles la répétèrent encore et encore, de plus en plus vite.

John dressa la tête, inspecta la pièce comme s'il la voyait pour la première fois. Shade parlait toujours.

La chanson venait du local où se tenaient les enfants. Excédé sans trop savoir pourquoi, il se leva. Shade se tut. Les autres suivirent les gestes de leur compagnon.

John se précipita vers la porte, hurla:

— Taisez-vous! Cette chanson est idiote! Michel Lenoir est un mensonge! Un mensonge! Taisez-vous, mais taisez-vous donc!

Les enfants s'arrêtèrent, surpris et incrédules. Un garçonnet tourna dans tous les sens ses yeux écarquillés et éclata en sanglots.

John se toucha le front, puis le nez. Il

avait mal. Subitement il prit conscience du silence autour de lui et remarqua le petit garçon en larmes.

Il avait perdu la tête. Il s'en voulait, il avait le goût de s'excuser auprès des enfants.

— Bravo! dit Shade.

Il se tourna vers l'assemblée. Janet et Allan le scrutaient avec incompréhension. Les autres étaient tout simplement étonnés.

— Tu as bien agi, ajouta Shade. Le mythe de Michel Lenoir est dangereux. Il empoisonne les Inactifs. Ce joueur de hockey exerce une influence qu'il faut combattre au même titre que les Carabiniers, les Gardiens et les robots. Je te félicite, John, et j'espère que ces enfants auront compris leur bêtise.

John regarda le garçon qui sanglotait toujours. Ses grands yeux effrayés exprimaient tant de peine!

— Reprends ta place parmi nous, John. Reprends ta place.

Privé de tout courage, il obéit, tête basse.

Les paroles d'acier continuèrent à s'abattre sur les auditeurs, aussi écrasantes qu'un marteau-pilon. Mais John n'entendait plus que les pleurnichements du petit qui ne voulaient pas s'apaiser.

Chapitre 5

L'enquête débute

L'Ancienne Ville ne comprenait ni école ni terrain de jeux. L'une des rares façons de distraire les enfants consistait à les amener faire une promenade dans les rues encombrées. N'ayant jamais connu mieux, la plupart des petits adoraient déambuler à travers la ville en compagnie des adultes. Ils n'avaient toutefois pas conscience des risques encourus, contrairement à leurs aînés.

Cet après-midi-là, John emmena les deux enfants d'Allan et marcha avec eux le long des rues qui entouraient l'abri. Il ne voulait pas trop s'éloigner, mais les petits avaient besoin de se dégourdir les jambes et de se changer les idées. Aussi il fit durer la promenade le plus longtemps possible, tout en demeurant à l'intérieur d'un périmètre bien défini dont le centre était l'ancien édifice à bureaux.

Quelles sublimes pensées pouvaient donc surgir dans l'esprit des enfants à la vue de ces hordes de miséreux et de malades? Quels sentiments s'épanouissaient dans leur coeur devant la brutale omniprésence de la police? Qu'évoquaient pour eux le spectacle des machines de surveillance aérienne et celui des robots-espions agitant leurs tentacules?

John avait entendu dire qu'à une époque moins difficile, les parents lisaient à leurs enfants, le soir avant le dodo, de belles histoires qui les aidaient à passer une bonne nuit. Parmi sa communauté, personne ne savait lire, et il n'aurait pas su où chercher si on lui avait demandé de dénicher un livre.

Les enfants s'endormaient donc avec les seules histoires qu'ils connaissaient, celles qu'ils vivaient tous les jours ou dont ils étaient témoins. Les contes de fées de l'ancien temps avaient été remplacés par des histoires d'horreur.

Parce que les téléviseurs étaient des objets rares, les enfants d'Inactifs adoraient les hologrammes. On en projetait souvent à Lost Ark: publicités multicolores et tonitruantes, avis de la police ou du gouvernement. Mais les préférés des enfants étaient ceux qui représentaient leur héros.

Ils ne comprenaient pas la portée du message que livrait alors Michel Lenoir, et c'était sans importance pour eux. À elle seule, l'apparition du hockeyeur les comblait de joie.

John tenta bien de les attirer ailleurs lorsque Michel Lenoir apparut durant leur promenade. Les petits résistèrent et il n'insista pas. Sa rancoeur s'était en partie dissoute devant la peine qu'il avait causée au garçonnet le matin même.

Comme toujours, l'hologramme attira une foule dont la ferveur tenait presque de la religion. Des Adorateurs de Kadar jouèrent du coude afin d'atteindre les premiers rangs. Quand John les vit arriver, ses mains serrèrent plus fort celles des petits.

À ses yeux, les Adorateurs de Kadar étaient des bêtes sauvages déguisées en humains. Peu de crimes leur avaient été attribués jusqu'à maintenant, pourtant les statistiques ne suffisaient pas à convaincre John de leur pureté. Leur apparence, sans doute, l'influençait.

Les Adorateurs de Kadar étaient vêtus de capes rapiécées qui traînaient jusqu'au sol. Ils portaient une calotte dont la teinte changeait selon leur position dans la hiérarchie.

Seules parties visibles de leur corps, les mains et le visage étaient enduits de peintures bariolées aux couleurs violentes. Arcades sourcilières, pommettes et mentons étaient soulignés par de larges traits de pinceaux qui donnaient au visage l'aspect d'un masque.

La secte des Adorateurs voyait en Michel Lenoir l'incarnation du dieu Kadar. Selon leurs croyances, Kadar était une divinité colérique et destructrice qui libérerait un jour les humains de leur existence charnelle pour les faire accéder à un monde idéal. D'après John, c'étaient des fanatiques, les plus dangereux partisans de Lenoir. L'agressivité que suggéraient leur déguisement et leur maquillage lui faisait peur.

Contre l'écran gris du ciel, Michel Lenoir se débarrassait de son équipement de hockey, assis sur un banc du vestiaire. Il garda son maillot ainsi que son épaulière et ses protège-coudes. L'athlète était fatigué, mais fier de l'être, image parfaite de l'homme accomplissant de nobles sacrifices pour se dépasser.

Michel parla de lui-même, de David Swindler qu'il vénérait, de la nécessité de se soumettre à ses supérieurs. Il dit qu'il fallait tolérer les robots, que la privation laissait présager un avenir meilleur. Il souriait. À chaque inspiration, ses pectoraux se gonflaient. Les spectateurs écoutaient, forcés par les Adorateurs de Kadar à garder le silence.

Les mains de John se crispaient tellement que la fillette se plaignit d'avoir mal.

***

Virginia Lynx manipulait distraitement l'ordinateur de poche posé devant elle sur le bureau.

— Ces derniers jours, expliquait-elle à Thomas, j'ai tenté de retrouver la trace des anciens coéquipiers de Michel. Je veux dire: ceux qui jouaient pour les Raiders durant la période où il s'est enfui dans l'Ancienne Ville. Tu t'en souviens, je t'ai raconté qu'il n'en restait plus un seul au sein de l'équipe actuelle.

Thomas l'écoutait avec un intérêt mitigé. Malgré la porte fermée, les voix de leurs collègues parvenaient jusqu'à eux. Virginia poursuivit:

— Je voulais en rencontrer au moins un qui était en contact avec Michel avant et après sa fuite, afin de savoir si son comportement avait changé.

— Ton hypothèse, c'est que depuis son retour, Michel Lenoir est forcé de jouer un rôle.

— C'est mon hypothèse. J'ai donc tout mis en oeuvre dans l'espoir de communiquer avec les anciens Raiders. J'ai consulté l'ensemble des documents, autorisés ou non, qu'on possède sur les citoyens de la Zone privée. J'ai épluché tous les fichiers disponibles, ceux de la police, des hôpitaux, etc. J'ai passé des dizaines de coups de fil, j'ai rencontré les agents de relations publiques des Raiders, j'ai...

— Passons, si tu veux, dit Thomas poliment.

— Bref, reprit Virginia, j'ai mené toutes les recherches possibles compte tenu des circonstances.

Elle s'arrêta. Thomas sentait bien qu'elle

voulait attiser sa curiosité, mais il demeurait persuadé qu'elle ne réussirait pas à le passionner avec cette histoire. Dans son esprit, le cas Michel Lenoir était classé depuis longtemps et des dossiers beaucoup plus importants l'attendaient.

— Résultat? demanda-t-il d'un ton neutre.

— Malgré toutes ces recherches, je ne suis parvenue à trouver ni l'adresse ni le numéro de téléphone d'un seul de ces gars-là. Oh! j'ai eu des renseignements sur quelques-uns d'entre eux, mais rien qui me permette de les approcher.

— Qu'as-tu appris?

— Pour être précise, j'ai trouvé des informations sur onze anciens joueurs. Écoute ça.

Elle pressa quelques touches de son ordinateur.

— Les représentants de l'équipe m'ont affirmé que deux ex-Raiders font présentement partie du personnel de la Fédération internationale de hockey. J'ai essayé de savoir dans quelle ville ils travaillent. Réponse: les deux hommes préfèrent se tenir loin des journalistes.

De nouveau, elle consulta son écran:

— Deux autres anciens joueurs occuperaient des postes de cadre au sein d'entreprises de la Nouvelle Ville. J'ai réussi à avoir le nom de ces compagnies. Quand j'ai communiqué avec leurs représentants, personne n'a voulu répondre à mes questions.

Elle leva les yeux vers Thomas pour vérifier ses réactions. Le rédacteur en chef était de marbre, mais il lui accordait toute son attention. Elle poursuivit:

— Maintenant, ça se corse. J'ai appris de source sûre que quatre ex-coéquipiers de Michel ont été admis dans des hôpitaux psychiatriques. Je n'ai pu connaître les motifs des internements, et il est impossible de rendre visite à ces hommes.

Un coup d'oeil vers Thomas qui fronçait maintenant les sourcils.

— Trois autres sont décédés et les circonstances de leur mort sont extrêmement confuses. L'un de ceux-là est mort à la suite de l'explosion d'un Sherlock. Selon la police, le Sherlock était déréglé et les agents ont perdu sa trace pendant que le robot pistait un criminel. Le joueur de hockey aurait donc été victime d'une erreur technique.

Virginia éteignit le minuscule ordinateur.

— Voilà pour les onze joueurs sur qui j'ai pu trouver des informations, dit-elle. Une équipe de hockey, ça comprend toutefois une vingtaine d'hommes. Non seulement il est impossible de joindre les onze premiers, mais les neuf autres sont en quelque sorte inexistants. Disparus, évanouis!

Thomas la dévisageait avec stupeur.

— Aucun fichier, quel qu'il soit, ne mentionne leur existence, dit-elle encore. Personne ne sait rien sur eux. Neuf des vingt joueurs qui ont côtoyé Michel durant la période critique ont été...

— *Effacés!*

Dans le Freedom State, on disait qu'une personne avait été «effacée» quand aucune information la concernant n'était disponible nulle part. Cela signifiait qu'elle n'existait plus, même si l'on ne possédait aucune preuve de sa mort. Cette personne n'existait plus et pire encore: officiellement, elle n'avait jamais existé.

— Pourquoi ne l'avons-nous pas su avant? demanda Thomas avec irritation.

— Tu connais la réponse. Les médias appartiennent à David Swindler et c'est sûrement Swindler qui a fait disparaître ces hommes. Les médias diffusent seulement les informations que Swindler veut bien rendre publiques.

Après un moment de réflexion, Thomas dit:

— Je crois que tu as découvert quelque chose d'important. Si Swindler a rayé de la circulation tous les anciens coéquipiers de Lenoir, c'est parce qu'ils savaient quelque chose qui ne doit pas s'ébruiter.

— Ils ont assisté à la transformation de Michel. Une transformation louche, radicale, trop rapide. Mon enquête confirme ce que je soupçonnais: depuis trois ans, Michel n'agit pas de son plein gré. Swindler le tient prisonnier. Dans les messages télévisés et holographiques, il force Michel à répéter des choses qu'il ne pense pas.

Thomas se leva et s'approcha lentement de la fenêtre en se massant les tempes.

— Il y a des jours, dit-il, où je crois qu'aucun scandale ne peut plus m'émouvoir, que je suis devenu imperméable. Puis, régulièrement, j'entends une information qui me rappelle que je ne m'y ferai jamais.

Thomas regardait dehors sans rien voir, perdu dans ses pensées. Virginia aurait voulu qu'il parle encore, sans trop savoir ce qu'elle souhaitait entendre.

Finalement, c'est elle qui brisa le silence.

— Que penses-tu de David Swindler?

— Je ne comprends pas ta question.

— Crois-tu que son pouvoir soit encore plus grand qu'avant? Je ne parle pas de son pouvoir politique ou économique, mais... Enfin, tu connais les rumeurs. Il semblerait que Swindler ne soit plus vraiment un être humain. Il y a trois ans, quand je suis entrée dans la Forteresse, j'ai vu comment lui et ses semblables étaient maintenus en vie artificiellement.

— Ce n'était déjà plus vraiment un être humain à ce moment-là. Plutôt une sorte de zombie, de légume qui n'avait que de rares moments de conscience.

— Pourtant, du fond de son sarcophage, ce zombie contrôlait les activités économiques d'une grande partie du monde. Ça, c'était il y a trois ans. Aujourd'hui, paraît-il, son état physique a changé. Swindler ne serait plus un paquet de viande et d'os branché à des appareils, mais quelque chose d'autre. Quelque chose de plus puissant, de plus... menaçant!

— Tu me demandes ce que j'en pense?

Tu le sais, Virginia, que je ne me préoccupe jamais des rumeurs. Seule la vérité m'intéresse, la vérité vraie. Et nous sommes là pour la découvrir, cette vérité.

Il se dirigea vers la porte.

— Oublie ce que je t'ai dit l'autre soir au téléphone. En ce qui concerne Michel Lenoir, je te donne carte blanche. Il faut que tu réussisses à entrer en contact avec un de ses ex-coéquipiers. *La Mère l'Oie* doit savoir ce qui s'est produit. Cette enquête est devenue une priorité.

Il sortit en claquant la porte.

Pour Virginia Lynx, jamais un claquement de porte n'avait sonné aussi agréablement.

Chapitre 6

Les Mages

Depuis de nombreuses années, les Mages avaient élu domicile dans un entrepôt désaffecté. Toute leur communauté vivait là, ce qui représentait une trentaine de personnes. La plupart d'entre elles étaient âgées.

Couverts de haillons, les Mages étaient pauvres, évidemment, mais leurs guenilles symbolisaient aussi la modestie que leur foi exigeait. Les hommes ne se coupaient jamais la barbe et les femmes laissaient pousser leurs cheveux durant toute leur vie.

Malgré sa longueur, l'ancien hangar était trop étroit pour paraître vaste. En y pénétrant, John et ses compagnons eurent l'impression d'entrer à l'intérieur d'une grotte. Le moindre chuchotement était porté par l'écho, ce qui expliquait pourquoi les Mages avaient l'habitude de parler à voix basse.

Des torches étaient accrochées aux murs et le vieux Tagaras avait pris l'une d'elles pour escorter le groupe. Au fond du hangar, une dizaine de Mages adultes les attendaient. Debout, ils dressaient noblement la tête au sommet de leur corps fragile.

Sans en faire étalage, les Mages se disaient dotés de pouvoirs extrasensoriels. Quiconque avait vu l'un d'eux à l'oeuvre ne pouvait douter de cette affirmation.

Shade savait que malgré leur passivité, ils refusaient toute forme d'injustice et considéraient l'inégalité sociale comme une maladie à guérir. L'attitude de non-violence qu'ils avaient adoptée lui inspirait toutefois de la répulsion. Cela la contrariait de savoir qu'elle ne pourrait compter sur leur appui lors des combats à venir.

Cependant, à force de les harceler avec des arguments de plus en plus mesquins, elle était parvenue à les amadouer. Tagaras avait accepté de mettre les pouvoirs des siens au service de la rébellion, mais une fois seulement.

Le but de Shade était simple. À Lost Ark, la Forteresse était le siège du véritable pouvoir politique et économique. Cet édifice restait néanmoins mystérieux et inaccessible, et Shade désirait obtenir le maximum de renseignements à son sujet.

L'objectif ultime de la rébellion, lorsque la guerre serait déclenchée, était d'investir l'édifice. Shade avait donc demandé aux Mages d'explorer la Forteresse par la seule puissance de leur esprit.

Tagaras fit asseoir les conjurés à bonne distance des Mages et il leur demanda de garder un silence absolu. Le vieil homme s'approcha des siens, puis il fit face aux rebelles. Il ferma les yeux. Un à un, les autres Mages firent de même.

Après un certain temps, Tagaras se mit à gémir, de plus en plus fort. Ses lamentations devinrent un chant où il prononçait des paroles dans une langue qu'aucun rebelle n'avait jamais entendue. Les autres Mages accompagnèrent sa mélopée en produisant des sons inarticulés, mais harmonieux. Cette phase préparatoire dura de longues minutes. Les conjurés regardaient et écoutaient, fascinés par l'étrange cérémonie.

John était peut-être le plus intéressé. Depuis qu'il avait appris l'existence des Mages quelques mois auparavant, il éprouvait beaucoup de sympathie pour eux.

Contrairement à tout le monde, aux spectateurs des matches de hockey par exemple, ou aux Adorateurs de Kadar, ou aux rebelles, les Mages étaient des êtres tranquilles et doux, pacifiques, chez qui le fanatisme n'existait pas. Leur refus de la violence l'attirait, même si John faisait partie d'un groupe qui se préparait à la guerre.

De plus, ils ne s'intéressaient nullement à Michel Lenoir, ce qui le réconfortait et lui prouvait que la bêtise n'était pas aussi générale qu'il l'avait craint.

Les voix conjuguées de ces hommes et de ces femmes faisaient vibrer en lui une émotion nouvelle. Un bien-être inconnu l'envahissait lentement, une paix dont il n'avait jamais deviné l'existence.

La grande sérénité qui habitait les Mages rayonnait-elle sur lui, à l'exemple du soleil qui donne sa chaleur aux êtres vivants? Ou bien cette sensation venait-elle d'un recoin secret de son esprit, d'un endroit encore inexploré, mais qu'il lui faudrait connaître s'il voulait échapper à la folie environnante?

Il regarda Shade. Le visage de la femme était figé et dur comme un masque. De toute évidence, elle était loin d'éprouver ce qu'il ressentait. John savait qu'elle se méfiait des Mages et qu'à son avis, ils n'étaient que des instruments sans importance.

La mélopée se fondit dans un silence lourd et inconfortable. Tagaras ouvrit les paupières. Il était tendu. Il fixait un point au-dessus des rebelles, là où il n'y avait rien pourtant. Lui seul voyait.

Il errait dans la Forteresse, un peu effrayé, encore incapable de décrire ce qu'il regardait. Un long moment passa. Shade commençait à s'impatienter. John attendait avidement la suite.

Enfin, Tagaras parla.

— Des couloirs... Des couloirs partout... Métalliques... J'avance dans l'un d'eux... Je suis enfermé. Mon esprit est prisonnier. Il étouffe. L'endroit est mauvais. Mauvais!

Shade retenait difficilement son envie d'interroger le vieillard, de lui demander de se dépêcher et d'aller immédiatement à l'essentiel.

— La Forteresse est remplie de haine,

disait Tagaras. Aucun amour nulle part. Aucun respect de l'être humain. Je vois partout des individus en uniforme. Je les reconnais. Ce sont des Gardiens, ceux qui servent les usurpateurs. Ils ont donné leur vie aux riches qui nous gouvernent. En échange, les Gardiens mangent à leur faim, ils ont un logis confortable. Mais leur coeur est vide...

Il baissa lentement la tête.

— Mon esprit est triste... Les Gardiens portent des armes... Il y a des chambres pleines d'instruments de mort. La Forteresse est habitée par la mort... Et la crainte! Les Gardiens éprouvent de la crainte!

L'intérêt de John augmentait au fur et à mesure du récit. Et ce qui rendait l'expérience unique, c'était que Tagaras vivait ce qu'il racontait. Il le vivait au moment même où il parlait.

— Seuls les *golems* n'éprouvent pas de crainte. Les golems vont et viennent dans la Forteresse, sans pensée, sans âme. Ils obéissent à leurs entrailles artificielles. Les golems sont froids et dangereux. Mais mon esprit n'a pas peur des golems.

John se demanda ce que Tagaras entendait par «golems». «Les golems obéissent à leurs entrailles artificielles...» Était-ce le nom que les Mages donnaient aux robots? Froids et dangereux, les robots l'étaient. Et les mots «entrailles artificielles» faisaient sûrement référence à ces microprocesseurs qui contenaient leur mémoire.

— Mon esprit sent la crainte autour de lui. Il a peur lui-même. Il veut revenir.

La voix de Tagaras commençait à vaciller. Mais cette peur que le vieux Mage disait ressentir, n'était-ce pas plutôt une ruse pour refuser de satisfaire Shade? Peut-être ne voulait-il pas pousser plus loin l'exploration de la Forteresse?

Redoutant la fin de l'expérience, la femme se redressa et lança un avertissement au vieil homme.

— Tu m'avais promis, Tagaras! Tu m'avais juré de visiter entièrement la Forteresse.

Ces mots eurent sur Tagaras le même effet qu'une violente rafale. Ployant vers l'arrière, il retrouva difficilement son équilibre. Puis il porta les mains à son visage comme pour le protéger du sable ou de la neige.

Un cri d'étonnement avait jailli du groupe des conjurés. John se souvint que le

Mage avait exigé le silence et ce silence venait d'être brisé par Shade.

Tagaras releva péniblement la tête. Derrière lui, les autres Mages n'avaient eu aucune réaction. Pour les besoins de l'expérience, leur corps et leur esprit semblaient n'avoir plus d'existence propre.

— Je vais continuer, dit le vieil homme. Mon esprit est encore là-bas. Mais de grâce, ne parle pas, ne parle pas.

Shade mit du temps à se rasseoir. Tagaras ferma les yeux de nouveau et un long silence suivit l'incident.

— Je sais d'où vient la crainte, continuat-il. Je sens... Mon esprit s'élève dans l'édifice. Oui! Plus il s'approche et plus il sent... J'y suis! C'est ici qu'ils se trouvent, les fantômes, les morts vivants. Les Spectres! Au 22e étage! L'étage interdit où les Gardiens et les golems ne vont pas. L'étage du passé toujours présent, l'étage de l'horreur!

Le vieil homme leva un bras, indiquant quelque chose qui se trouvait pourtant à des kilomètres.

— Les Spectres sont couchés dans leur enveloppe. Ils dorment et veillent tout à la fois. Ils attendent, ils réfléchissent... Les Spectres! Mon esprit a peur.

Sa voix tremblait comme sous l'effet d'un froid intérieur. Sa main était retombée le long du corps. Ses épaules s'étaient affaissées sous le poids d'une fatigue qui dépassait les limites humaines. John écoutait avec une attention extrême, cherchant à se représenter ce que Tagaras seul pouvait voir.

— Les Spectres! répétait inlassablement le Mage. Ce sont eux qui règnent sur nous tous. Êtres maudits, abominables... Mais...! Oh non! Il y a bien pire encore que les Spectres! Oh! oooooooooh!

En poussant son cri de terreur, Tagaras avait placé les mains contre son visage. Son corps frémissait. Paupières serrées, le vieil homme secouait la tête, probablement pour chasser une vision qui le torturait.

John jeta un regard affolé à Shade qui ne montrait aucun signe de compassion. Les autres conjurés se regardaient furtivement. Ils éprouvaient un mélange de peur et de pitié devant la détresse dont ils étaient témoins. John se raidit, décidé à intervenir si la situation n'évoluait pas rapidement.

— Il n'y a pas que les Spectres! dit Tagaras. Les Spectres ne sont rien à côté de Lui! Lui n'est plus du tout humain! Plus rien d'humain, plus rien, c'est un monstre! Mais de quoi donc est-il fait? Il possède un pouvoir terrible que mon esprit ne reconnaît pas. Un monstre!

Tagaras enfonçait ses ongles dans son visage. Il hurla, tomba à genoux. John se leva aussitôt et courut vers lui.

Le vieil homme sanglotait quand John posa une main sur sa tête pour le rassurer. Les autres Mages clignaient des yeux comme s'ils s'éveillaient après une longue nuit.

— Êtes-vous revenu? demanda John à Tagaras. Votre esprit est-il revenu parmi nous?

Essuyant ses larmes avec une manche de sa tunique, le vieillard fit oui de la tête. John s'accroupit et le dévisagea.

— Qu'avez-vous vu là-bas? De quel monstre parliez-vous?

Shade vint se placer en face de Tagaras, ce qui obligea John à reculer. De sa voix la plus tranchante, elle demanda:

— Répondez, Tagaras! Quel est ce monstre qui possède un pouvoir si terrible?

— Ne me posez plus de questions, je vous en prie. J'ai fait ce que vous m'aviez demandé. Laissez-moi tranquille, maintenant.

Il gardait les yeux baissés, incapable d'affronter le regard insensible de Shade. Un Mage l'aida à se relever et Tagaras s'éloigna avec les siens. Les rebelles étaient encore bouleversés et échangeaient des paroles à voix basse.

John observait les Mages. Ces gens montraient une telle sollicitude au vieil homme qu'il eut soudain honte de faire partie de sa communauté. Que pensaient-ils des rebelles? Les considéraient-ils comme des fous, des enragés, des marionnettes habilement manipulées par une leader dépourvue de sentiments?

Sans un remerciement à l'endroit de Tagaras, Shade ordonna aux rebelles de sortir. Tous la suivirent docilement. Seul John risqua un dernier coup d'oeil vers les Mages pour qui le reste du monde avait cessé d'exister.

***

David Swindler s'était réveillé.

Comment avait-il senti que quelqu'un ou quelque chose avait tenté de s'immiscer en lui? Swindler ne se préoccupait pas des processus de son propre fonctionnement. Il l'avait senti, cela lui suffisait.

Un corps étranger avait voulu violer ses secrets, explorer la configuration complexe de son être. Heureusement, le corps étranger s'était retiré très vite. Il avait eu peur, Swindler savait cela aussi.

L'Entité Swindler aurait pu éprouver un certain plaisir à faire cette constatation, mais la pensée de n'être pas totalement impénétrable l'irritait. Swindler éprouvait de la colère, une colère toute humaine, bouillonnante, difficilement contrôlable et pourtant il n'avait plus rien d'humain.

L'Entité symbiotique possédait-elle encore un système nerveux? Ou bien son cerveau était-il devenu un programme informatique?

Swindler avait pris l'apparence d'une imposante masse de cristaux, protégée par un échafaudage métallique où clignotaient sans répit des voyants lumineux. Au sein de cette montagne cybernétique qui ne ressemblait à rien d'autre, où s'était donc réfugié ce qui s'appelait autrefois un être humain?

La réponse se trouvait dans l'esprit de ses concepteurs et des techniciens qui s'affairaient sans cesse autour de lui. Mais personne n'aurait jamais l'occasion de livrer ces secrets.

Une autre équipe, formée de robots celle-là, surveillait l'équipe d'entretien. Et rien n'est plus fidèle qu'un robot. Quant aux génies qui avaient créé l'Entité symbiotique Swindler, ils avaient été annihilés une fois leur travail accompli.

L'Entité occupait l'étage supérieur de la Forteresse. Ceux qui n'étaient pas techniciens n'avaient accès à l'antre de Swindler qu'après d'interminables vérifications. Même Paperback, le secrétaire de David Swindler, ne pouvait approcher son maître sans avoir à prouver plusieurs fois qu'il n'était pas un imposteur.

Auparavant, Paperback n'éprouvait qu'un malaise face à son patron. Maintenant que son chef était devenu l'Entité symbiotique Swindler, son sentiment s'apparentait davantage à la frayeur. Il n'avait plus aucun contact direct avec lui. Les ordres de Swindler lui étaient désormais communiqués par l'entremise d'un quelconque scientifique.

Paperback avait déjà lu des histoires où un dragon logeait à la limite d'un village, prêt à semer la terreur sur les humbles habitants si le caprice lui venait. Swindler lui rappelait irrésistiblement ce terrible et capricieux dragon, et tout comme les villageois des anciens récits, Paperback avait peur.

— Que se passe-t-il, enfin? demanda Paperback dans le combiné de l'interphone. Vous me dites depuis une heure que quelque chose ne va pas au sujet de Swindler. Il serait peut-être temps que vous me disiez de quoi il s'agit, non?

— Je suis désolé, monsieur, répondit le bio-informaticien. L'Entité symbiotique vient tout juste d'établir la communication avec nous.

— Comment ça, tout juste? D'habitude, vous n'avez aucune difficulté à communiquer avec lui. Quelque chose a mal fonctionné?

— C'est la première fois que ça se produit. L'Entité ne répondait plus. Elle ne s'occupait plus de nous. Elle était... disons... distraite.

Distraite, l'Entité symbiotique? Paperback ne comprenait pas. Tout avait toujours été trop confus pour lui depuis la «restructuration» de Swindler. Mais cette fois, son incompréhension atteignait ses limites.

Il se retenait de crier dans l'interphone.

— Voudriez-vous m'expliquer comment un organisme qui ressemble davantage à une machine qu'à un homme peut être... distrait?

— L'Entité était préoccupée, monsieur. Tracassée. Elle vient de nous dire qu'elle avait senti un corps étranger en elle. Elle a essayé d'identifier ce corps étranger, mais sans succès.

— Qu'est-ce que c'est que cette histoire? Vous autres, avez-vous réussi à l'identifier, ce corps étranger?

La réponse du scientifique se fit attendre. Paperback comprit que son interlocuteur hésitait.

— Nous n'avions même pas détecté sa présence, monsieur. Seule l'Entité l'avait sentie, ce qui nous porte à croire qu'il s'agit peut-être d'une erreur de sa part, d'un mauvais fonctionnement. Il ne s'est probablement rien produit. Nos vérifications se poursuivent.

— Vous avez expliqué tout ça à Swindler?

— Oui, monsieur.

— Et lui, qu'a-t-il répondu?

— Il insiste. Il est persuadé d'avoir senti cette présence. Cela nous inquiète énormément.

Paperback coupa la communication.

Lui aussi, maintenant, était préoccupé. Il ne s'interrogea pas sur la nature du corps étranger qui s'était soi-disant introduit dans les circuits de l'Entité symbiotique. Ce problème concernait les spécialistes qui veillaient sur Swindler.

Non, Paperback ne se posa qu'une question, une seule, mais qui était très lourde d'implications pour l'avenir.

Depuis qu'on l'avait transformé en Entité symbiotique, David Swindler était-il en train de devenir fou?

Chapitre 7

Signé Power Play

Virginia Lynx examinait la disquette en se demandant ce qu'elle pouvait bien contenir.

Elle l'avait trouvée à l'intérieur d'un colis qui venait de lui être envoyé par courrier exprès. Le nom du destinataire n'était pas inscrit sur le paquet.

Elle activa son micro-ordinateur et y inséra la disquette. Un très court texte apparut à l'écran.

Ma dam Lynx,
Escuz mé fote. Je sé pa écrir.
Mé je sé ou tu peu trouvé qelqun
qe tu cherch.

Je conè bocou de choz,
mé sa te coutra dan lé 5 chif.
Aporte larjen ce soir o match de oké.
Je te contactré.
Signé: Power Play.

Était-ce une blague? Un piège? Ou bien ce mystérieux Power Play existait-il réellement?

«Madame Lynx, excuse mes fautes. Je ne sais pas écrire (c'était évident). Mais je sais où tu peux trouver quelqu'un que tu cherches (un des anciens coéquipiers de Michel Lenoir?). Je connais beaucoup de choses, mais ça te coûtera dans les cinq chiffres (entre 10 000 et 99 999 dollars donc!). Apporte l'argent ce soir au match de hockey. Je te contacterai.»

Virginia était perplexe. Si son contact était sincère, comment avait-il été mis au courant de ses recherches? La Nouvelle Ville fourmillait d'aventuriers qui gagnaient leur vie en monnayant des informations. Power Play était-il l'un de ceux-là? Il pouvait aussi s'agir d'un collaborateur de la police.

Même si elle était tentée de se rendre au rendez-vous, un problème se posait. La

somme exigée en échange des renseignements était énorme, et *La Mère l'Oie* ne
roulait vraiment pas sur l'or.

Virginia se rappelait très bien les ré-
centes paroles de Thomas: «Cette enquête
est devenue une priorité.» Il n'avait pas pré-
cisé, par contre, combien d'argent il accep-
terait d'investir dans son enquête.

Thomas était absent de la ville, ce jour-
là, et elle ne pouvait communiquer avec lui
d'aucune façon. Il fallait donc qu'elle pren-
ne seule la décision. C'était difficile. Et
elle ne pouvait pas se permettre de laisser
une pareille occasion lui filer entre les
doigts.

Après avoir réfléchi, elle se leva et sortit
de la pièce. Elle alla directement au bureau
d'un de ses collègues.

— Tim, demanda-t-elle, peux-tu me dire
combien d'argent il nous reste dans le
fonds d'urgence?

***

La première période venait de se terminer et personne n'avait encore tenté de
communiquer avec Virginia. Elle commençait à se demander si tout cela n'était

pas une plaisanterie. Puis elle se tapa le front en se traitant d'imbécile.

Elle avait assisté au match du haut de la tribune réservée à la presse! Personne ne pouvait se rendre jusque-là, à moins de détenir une autorisation permanente. C'était clair: elle devait quitter cet endroit avant que Power Play ne change d'idée. Il était peut-être déjà trop tard.

Elle se mêla à la foule qui se pressait dans les couloirs. Les regards des Inactifs se tournaient vers elle, chargés de surprise ou de haine. Des femmes examinaient ses vêtements neufs. Des hommes lui adressaient des invitations obscènes. Elle fut bousculée plusieurs fois.

Les spectateurs s'apprêtaient à réintégrer leur place lorsqu'une main toucha la sienne. Elle se retourna d'un mouvement vif.

— Hé! Madame Lynx!

Elle baissa la tête. Un garçon d'à peine dix ans la regardait en souriant. Sans se demander comment il connaissait son nom, elle lui retourna poliment son sourire, puis continua à scruter la foule.

— Madame Lynx, insista l'enfant. Les Raiders ont tout un jeu de puissance, ce soir, non?

Elle acquiesça avec impatience.

Power Play ne viendrait pas. Elle était déçue, en colère presque. Puis soudain, elle comprit.

— Peux-tu répéter? demanda-t-elle au garçon.

— Tout un jeu de puissance, tu ne trouves pas?

Son sourire s'était agrandi.

— Un jeu de puissance! dit Virginia. Power Play, c'est toi?

— On ne peut rien te cacher. Tu as les cinq chiffres?

Elle s'accroupit de manière à lui parler face à face. Autour d'eux, les gens continuaient à avancer.

— Attends, attends... Tu es si jeune! Comment aurais-tu obtenu les informations dont j'ai besoin?

— Il faut se débrouiller à tout âge, tu devrais savoir ça!

— Tu n'as pas de parents?

— Madame Lynx, je ne suis pas ici pour te raconter ma vie. Combien as-tu apporté d'argent?

Elle soupira.

— Je suis prête à te payer 10 000 dollars, rien de plus.

L'enfant fronça les sourcils avec malice.

— Tu ne sauras pas grand-chose pour ce prix-là. C'est dommage: j'en avais beaucoup à t'apprendre.

Bluffait-il ou disait-il la vérité? Virginia n'avait pas le choix.

— 15 000, je ne peux pas t'en donner davantage.

— C'est déjà mieux, mais à ce prix-là, tu ne sauras pas tout. Donne l'argent.

Elle hésita.

— Qui m'assure que...?

L'enfant tendait la main sans un mot. Elle sortit l'enveloppe de son sac et la lui donna. Power Play vérifia son contenu.

— Tu es honnête, madame Lynx. Ça, je le savais déjà. Et, moi aussi, je le serai.

Il se tut. Virginia attendait.

— 284-309-5610, prononça lentement le garçon.

— Qu'est-ce que c'est que ça? Un numéro de téléphone?

— Évidemment! Celui d'un ancien joueur des Raiders.

— Son nom?

— Appelle-le, tu verras bien. Pour 15 000 dollars, tu n'en sauras pas plus.

Il fit un pas en arrière, se retourna, puis

il disparut dans la foule. La journaliste se redressa.

— Hé! Power Play, attends!

— 284-309-5610! cria le garçon devenu invisible. Bonne chance, madame Lynx!

Elle n'essaya pas de le rattraper. Il y avait trop de monde. Et, avec sa petite taille, l'enfant pouvait se faufiler n'importe où.

Il lui restait à vérifier maintenant si la maigre information qu'elle avait reçue valait vraiment 15 000 dollars.

***

Virginia introduisit la pièce dans la fente à monnaie, puis elle composa le numéro sur le clavier. Elle savait bien que le poste téléphonique de son appartement était espionné. Par conséquent, elle devait souvent faire ses appels à partir de cabines publiques. Cette fois, elle utilisait le téléphone d'un bar minable situé non loin des Faubourgs.

Pour effectuer ses communications secrètes, elle ne téléphonait jamais du même endroit. De nombreux appareils publics étaient sans doute branchés, eux aussi, à une table d'écoute et changer constamment de cabine diminuait les risques d'être surveillée.

La nervosité et l'excitation la rendaient fébrile. D'un instant à l'autre, elle risquait d'apprendre qu'on l'avait escroquée d'une jolie somme ou bien elle toucherait enfin au but.

Le téléphone sonna longtemps avant qu'une voix d'homme ne se fasse entendre à l'autre bout du fil. Avec les précautions nécessaires pour ne pas effaroucher son interlocuteur, Virginia exposa les motifs de son appel.

L'homme parla peu et, quand la journaliste eut terminé, il se tut tout à fait. Virginia retenait son souffle. Si Power Play lui avait menti, son interlocuteur aurait raccroché depuis longtemps.

— Qui me dit que vous n'essayez pas de me tendre un piège? demanda l'homme après un long moment. Pouvez-vous m'assurer que vous ne travaillez pas pour Swindler?

— S'il avait découvert votre trace, il vous aurait éliminé tout de suite. Trouver l'adresse de quelqu'un quand on possède son numéro de téléphone, c'est assez facile. Surtout si l'on s'appelle David Swindler et qu'on contrôle complètement le Freedom State.

Nouveau silence traversé de soupirs. Finalement, l'homme se décida.

— Ça va, j'accepte de collaborer avec vous.

Virginia Lynx eut du mal à retenir sa joie.

— Où pouvons-nous nous rencontrer? demanda-t-elle.

— J'accepte de collaborer, d'accord. Mais pas question que vous veniez chez moi ou que nous soyons vus ensemble en public. Je n'ai pas entièrement confiance en vous, vous pouvez sûrement le comprendre.

— Évidemment...

L'ancien hockeyeur fit une suggestion.

— Vous connaissez la discothèque *We are the world* sur la 57e rue? Réservez la table 28. Je vous téléphonerai ce soir, à 20 h 00 pile. S'il vous plaît, ne me rappelez plus ici. À ce soir.

Il raccrocha sans lui laisser le temps de répliquer.

Étant donné les risques qu'il courait, Virginia jugea sa suggestion excellente. Comme c'était le cas dans la majorité des bars et des discothèques de la Nouvelle Ville, les tables du *We are the world* étaient dotées d'un système de communication interne. Cela permettait aux clients de converser à distance.

Les salles y étaient très vastes et la musique endiablée attirait énormément de gens. Grâce à ce système, on pouvait s'entretenir d'une table à l'autre tout en gardant l'anonymat complet.

En souhaitant que l'homme respecte son rendez-vous, Virginia s'empressa de réserver la table 28 pour le soir même. Malgré la somme qu'elle avait dû verser, elle ressentit ensuite une bouffée de sympathie envers un espion de dix ans qui avait pris le nom de Power Play.

Chapitre 8

L'interlocuteur invisible

La musique qui éclatait dans la disco pesait des tonnes. Un rythme obsédant retentissait à chaque demi-seconde, évoquant un cataclysme un million de fois répété.

Ce n'était pas de l'air qui circulait à l'intérieur de la discothèque, mais du son matérialisé, solide et d'une lourdeur écrasante. Il fallait jouir d'une santé à toute épreuve pour fréquenter ces lieux de distraction ou il suffisait peut-être d'être un peu dur d'oreille.

Virginia Lynx possédait une ouïe normale. Arrivée à sa table, elle se dépêcha d'installer sur sa tête le petit casque anti-écoute que les clients aux tympans sensibles pouvaient réclamer en entrant. Aussitôt, les confortables oreillettes l'isolèrent du désastre musical qui l'entourait.

Elle essuya la sueur de son visage et se força à contrôler sa respiration. Elle se sentit rapidement mieux.

Puis un serveur-robot vint lui offrir la carte des alcools. Elle vit avec surprise que la maison offrait une liqueur baptisée *Michel Lenoir Cocktail*. Un sourire tout intérieur s'épanouit en elle. Par curiosité, elle choisit de goûter ce *Michel Lenoir Cocktail*.

Le robot revint avec un verre à demi plein d'un liquide blanc et léger, sans glaçons. Blanc comme la chevelure de Michel Lenoir, remarqua la journaliste.

Elle but une gorgée. La liqueur était insipide. Michel Lenoir l'était aussi depuis trois ans. Sa seule fonction était d'engourdir l'esprit. Et la tête de Virginia tournait déjà, en effet. Elle posa le verre sur la table et n'y toucha plus.

Il était 19 h 58. Virginia surveillait le poste téléphonique installé devant elle, attendant avec impatience que s'allume le voyant de couleur verte. Les secondes, puis les minutes s'écoulèrent. À 20 h 10, son mystérieux contact ne s'était toujours pas manifesté.

Elle observa les danseurs qui sautillaient au milieu de la piste la plus proche, puis son regard fit le tour des clients attablés. L'ex-coéquipier de Michel se trouvait peut-être parmi ces gens, tout près. Il pouvait l'avoir reconnue, d'après sa photo qui apparaissait régulièrement dans *La Mère l'Oie*.

Mais il était possible aussi qu'il ait choisi une autre salle, pour s'assurer qu'elle ne le verrait pas. Autre possibilité: l'homme avait peut-être changé d'avis et il n'était pas venu. Ou bien quelqu'un avait pu l'empêcher de venir.

Sa montre indiquait 20 h 18 lorsque le voyant du téléphone se mit à clignoter. Elle raccorda le combiné à son casque anti-écoute. Cela lui permettrait d'entendre son interlocuteur et de se faire entendre de lui, malgré les tremblements de terre qui se succédaient autour d'elle. Elle décrocha l'appareil.

— Excusez mon retard, dit l'homme un peu essoufflé. J'ai pris mes précautions pour qu'on ne me suive pas.

— Je comprends.

La réception était parfaite. Étouffée par des filtres insonores, on entendait à peine la musique dans le combiné.

— Vous pouvez me questionner, dit l'ex-hockeyeur. Allez-y. Mais vous feriez mieux de vous limiter, parce que je ne tiens pas à rester longtemps ici. Même si je porte un déguisement, je n'aime pas trop me montrer en public.

— Alors, je commence par une question préliminaire. Est-il exact que Swindler a éliminé tous ceux qui avaient côtoyé Michel Lenoir durant la période entourant sa fuite?

— Exact.

— Dans ce cas, comment se fait-il que vous soyez encore vivant et libre?

— J'ai échappé aux Gardiens. Ils ont essayé de me faire disparaître comme les autres, de m'effacer, mais je leur ai glissé entre les doigts. Ils sont toujours à ma recherche. Je dois me surveiller jour et nuit. Je ne fréquente personne. Je change d'appartement très souvent. Un jour ils auront ma peau, c'est certain.

— Est-ce que je peux vous aider?

— J'apprécie votre offre, mais c'est vous

qui m'avez appelé, madame Lynx. C'est donc vous qui avez besoin de mon aide. Moi, je ne demande l'aide de personne parce que je me méfie de tout le monde. Maintenant, parlons de Michel Lenoir. Je n'ai pas beaucoup de temps.

Puisqu'elle devait respecter ses conditions, Virginia sauta au vif du sujet.

— Que s'est-il passé, il y a trois ans, lorsque Michel Lenoir est revenu de l'Ancienne Ville? Comment était-il avec ses coéquipiers?

— Une nouvelle saison venait juste de commencer quand il a réintégré les Raiders. Dans l'ensemble, l'équipe était formée des mêmes joueurs que l'année précédente. Nous parlions beaucoup des incidents entre nous. Nous nous demandions pourquoi Michel s'était enfui comme ça. Vous savez, le succès lui avait enflé un peu la tête. Son geste ressemblait à une fugue d'adolescent ou à un caprice de vedette.

— Comment se comportait-il après son retour?

— C'était difficile pour lui d'avoir un comportement ordinaire. La direction de l'équipe lui avait réservé un traitement très spécial.

— Quel genre de traitement?

— Michel ne s'entraînait plus avec nous. Il ne nous suivait pas non plus dans les bars ou dans les discothèques. En fait, nous le voyions seulement durant les parties. L'instructeur nous disait que c'étaient des mesures de protection, que Michel était en danger partout où il allait parce que c'était une idole. La direction devait donc augmenter la sécurité de Michel au maximum.

— Que pensiez-vous de ce traitement spécial?

— À nos yeux, c'était nettement exagéré. Michel ne voyageait même plus avec nous. Il disposait d'un avion pour lui seul. L'instructeur nous interdisait de lui adresser la parole. Les joueurs ont commencé à se poser des questions. Nous nous demandions si Michel était prisonnier ou quoi.

— C'est à partir de ce moment-là qu'il a eu son siège à lui, durant les matches, au lieu de s'asseoir sur le banc avec l'équipe. Et sur la patinoire, comment Michel agissait-il?

— Il jouait aussi bien qu'avant, sinon mieux. Par contre, son comportement avec nous était bizarre. Comme s'il faisait semblant de ne pas nous connaître. Sur la glace, il ne parlait pas à ses compagnons de jeu, il nous regardait le moins possible. Je me demande encore comment il pouvait jouer si bien et être en même temps si renfermé, si seul. Oui, c'est le mot: Michel était seul.

— Quel effet cela vous faisait-il?

— Nous nous inquiétions un peu à son sujet. L'esprit d'équipe s'est vite détérioré à cause de tous ces malaises. Nous nous posions de plus en plus de questions sans jamais avoir droit aux réponses. Puis, peu à peu, les joueurs se sont mis à haïr Michel.

— Si je comprends bien, depuis le jour où Michel est revenu, aucun joueur n'a jamais eu la moindre occasion d'entrer en communication avec lui.

— C'est ça. Ensuite, une consigne du silence nous a été imposée. Il ne fallait plus parler à personne de ce qui se passait dans l'équipe. La direction a interdit aux journalistes de nous interviewer. Par la suite, mes coéquipiers sont partis un à un. Congédiés ou échangés, sans qu'on sache pourquoi.

Il ajouta avec lassitude:

— Et mon tour est venu, j'ai aussi été

remercié de mes services. L'équipe me versait une rente. Ça n'allait pas si mal jusqu'à ce que je m'aperçoive que des Gardiens me surveillaient.

Le temps s'écoulait trop vite. D'une minute à l'autre, le joueur de hockey annoncerait que la conversation était terminée. Il restait à la journaliste tant de questions à poser qu'elle ne savait plus lesquelles importaient davantage.

Pour la première fois, le silence se fit entre eux. Un silence que Virginia devait briser avant que l'homme n'interrompe la communication.

— Quelle est votre conclusion? Vous parliez de la solitude de Michel tout à l'heure. Croyez-vous toujours qu'il était... prisonnier?

— C'est possible. Mais ce qui me tracasse, c'est que Michel n'a jamais essayé de nous faire un signe. Il aurait pu nous lancer une espèce de S.O.S. Ça ne s'est pas produit.

— Ou bien il vous a peut-être envoyé des messages que vous n'avez pas su interpréter? À moins qu'il n'ait été sous l'influence d'une drogue qui l'empêchait d'agir. Qu'en pensez-vous?

— Ça aussi, c'est une possibilité. Pourtant je ne connais aucune drogue qui enlève à quelqu'un sa volonté sans diminuer ses moyens physiques. Je vous l'ai dit: sur la patinoire, Michel était aussi bon qu'avant, sinon meilleur.

— Il aurait subi un lavage de cerveau, alors?

La réponse se fit attendre. Quand l'homme parla de nouveau, l'énervement s'était emparé de lui.

— Madame Lynx, je dois vous laisser maintenant. Une patrouille de Gardiens vient d'entrer dans la salle! Je suis sûr que c'est moi qu'ils cherchent!

Chapitre 9

Effacez Virginia Lynx!

Virginia jeta un coup d'oeil affolé autour d'elle. Tout semblait normal. L'agitation des danseurs n'avait pas diminué. Elle ne voyait aucun policier parmi la foule, ce qui signifiait que son interlocuteur se trouvait dans une salle adjacente.

— Ils ne m'ont pas encore vu, dit l'homme rapidement, mais ça ne va pas tarder. Un dernier détail à propos de Michel. C'est peut-être important. Durant les parties, Michel ne transpirait pas.

— Quoi?

— J'en ai parlé souvent avec les autres joueurs, au début. Nous n'avions jamais vu ça. Il n'y avait pas de sueur sur le visage de

Michel. Et son uniforme restait sec. Je vous laisse, ils m'ont vu!

Il avait raccroché.

Se redressant, Virginia s'étira le cou dans toutes les directions pour voir au-delà de la piste. Dans son champ de vision, il n'y avait que des gens qui s'amusaient.

Elle arracha son casque et la musique la frappa de plein fouet. Impossible d'entendre rien d'autre que ce fracas de fin du monde. Quelque part à l'intérieur de la discothèque pourtant, un homme terrifié essayait d'échapper à ses poursuivants. Où était-il?

Elle s'élança sur la piste de danse et se glissa parmi les corps gesticulants. Un jeune homme la saisit par les poignets. Il riait comme un dément, mais Virginia ne l'entendait pas. Elle lui donna un coup de genou entre les cuisses. L'étreinte se relâcha.

Elle continua à se faufiler. Toutefois, l'obstacle humain semblait farouchement déterminé à la ralentir. Après avoir reçu un coup de coude dans l'oeil, elle émergea de la foule gluante, à bout de souffle.

Devant, une deuxième salle s'ouvrait. Elle s'y précipita. Même décor, même atmosphère, même marée humaine. Elle courut vers une troisième salle, mais s'arrêta net avant d'entrer.

Là, il y avait du nouveau. Vêtus de leur imposante cuirasse anti-émeute, trois Gardiens fonçaient vers la sortie de l'édifice en bousculant les danseurs. Hommes et femmes tombaient les uns sur les autres, sans comprendre ce qui se passait.

Celui que les Gardiens poursuivaient n'était pas visible. Était-il déjà sorti? Elle le souhaitait. Dans ce cas, ses chances de s'en tirer sain et sauf restaient néanmoins minimes.

Elle s'élança vers une sortie.

Lorsqu'elle déboucha sur le trottoir, l'air frais la salua, mais elle n'eut pas le temps de le savourer. Dans la rue envahie par les marcheurs en fête, un homme s'éloignait en courant.

Un fourgon venait de s'immobiliser devant la disco, d'où jaillirent plusieurs Gardiens en armes. Des cris de surprise éclataient. En hurlant des avertissements, les Gardiens se ruaient à travers les fêtards. Le poids de leur cuirasse ralentissait leur course.

Avec espoir, Virginia vit l'homme tourner le coin de la rue, tandis que les policiers s'empêtraient dans la foule.

Puis un véhicule de surveillance surgit au-dessus des édifices, fonçant tout droit vers l'homme en fuite. Ses projecteurs balayaient les toits.

Soudain, à l'endroit où l'homme devait se trouver maintenant, une explosion retentit, colorant les immeubles de bleu.

Un calme étrange s'empara des marcheurs pendant qu'ils regardaient vers le lieu de la déflagration. Les Gardiens tournèrent au coin de la rue. Le véhicule de surveillance se tenait immobile au-dessus du quartier, ses faisceaux lumineux jaillissant toujours des projecteurs. Une fumée sinistre montait derrière les maisons.

Virginia Lynx baissa la tête, écrasée par l'impuissance et la culpabilité.

Un bruit léger, à sa gauche, la fit se retourner. À deux mètres d'elle, un Sherlock l'étudiait avec ses énormes yeux qui rappelaient les extraterrestres du cinéma. Le regard sans vie l'hypnotisait.

Par un effort de volonté, elle s'arracha à la fascination et se dirigea à grandes enjambées vers une station de taxi.

Désormais, l'ex-coéquipier de Michel Lenoir n'avait plus besoin d'elle. Ni de rien.

Rester là, c'était courir le risque de se faire appréhender. Les Gardiens ne devaient pas manquer de raisons pour l'arrêter, elle aussi.

Elle appela un taxi, puis elle se demanda si le Sherlock avait eu le temps d'enregistrer ses coordonnées. Sûrement.

Elle serait vite identifiée. On ferait le lien entre sa présence dans la discothèque et celle du hockeyeur. Et ensuite? Un mot désignait parfaitement la situation: DANGER.

Lorsqu'elle prit place sur le siège du taxi, alors seulement elle se rappela les dernières paroles de son interlocuteur invisible.

Durant les matches de hockey, malgré les efforts inouïs qu'il déployait, Michel Lenoir ne transpirait pas!

***

Paperback parcourut de nouveau le rapport sur l'écran de son ordinateur.

Ex-Raider Robert Kane surpris
intérieur discothèque We are the world.
Raison de sa présence: inconnue.

Hypothèse: prise de contact
avec journaliste pour fournir
renseignements confidentiels.
Résultat opération: Robert Kane EFFACÉ.
Devant discothèque,
suspect enregistré par Sherlock.
Identification: Virginia Lynx, journaliste,
employée de La Mère l'Oie.
Ce journal est hautement subversif.
Hypothèse: prise de contact
avec Robert Kane.
Instructions attendues.

Paperback se redressa dans son fauteuil sans quitter l'écran des yeux.

L'assassinat de l'ex-hockeyeur ne lui causait aucune émotion particulière. Il était habitué. Pour lui, la disparition de témoins gênants s'apparentait à l'extermination d'insectes. Par contre, que Virginia Lynx ait pu communiquer avec Robert Kane, voilà une nouvelle qui l'irritait.

Depuis trois ans, le nom de Virginia Lynx apparaissait régulièrement dans les rapports.

La journaliste avait fait des pieds et des mains pour entrer en contact avec Michel Lenoir dès son retour de l'Ancienne Ville.

Ses tentatives avaient évidemment échoué. Mais depuis quelque temps, ses recherches s'étaient tournées vers les anciens coéquipiers de Lenoir et, apparemment, elle avait fini par tomber sur ce Robert Kane.

Paperback avait maintenant un problème à régler. D'ailleurs, ce problème aurait dû être réglé bien avant, depuis le temps que cela le démangeait.

Paperback ne se demanda pas quelle était la nature des informations fournies à la journaliste par Robert Kane. Il ne se demanda pas non plus si leur présence à tous les deux dans la discothèque pouvait être le fruit du hasard. Il pensait seulement au journal *La Mère l'Oie*.

Ce journal n'était pas très dangereux, il en convenait. Même les Actifs les plus cultivés préféraient regarder la télévision pour apprendre les dernières nouvelles. Mais Paperback en avait assez. Il était temps d'empêcher désormais *La Mère l'Oie* de nuire, quelle que soit son importance réelle.

La conscience de son pouvoir le fit sourire. Il posa ses doigts minces sur les touches du clavier et composa une variation sur le seul thème qui le faisait vibrer d'émotion: la puissance.

Il joua ceci:

Amorcer opération filature
contre Virginia Lynx.
Rapporter tous ses faits et gestes.
Ordre est donné d'effacer ladite personne
à la première occasion.
Ordre confirmé: EFFACER Virginia Lynx.

Il attendit la réponse, puis coupa le contact. Ensuite, sourire aux lèvres, il se plongea dans la lecture d'un dossier.

Paperback se sentait mieux.

***

Le lendemain, la Nouvelle Ville connut une manifestation qui dégénéra en une rare violence. Les travailleurs qui l'avaient organisée venaient d'être licenciés par les propriétaires de l'entreprise Gort.

Cette société spécialisée en robotique ne voulait plus des centaines de techniciens qu'elle employait. Des machines à forme humaine prendraient leur place désormais. Les robots seraient donc fabriqués par d'autres robots, ce qui tendait à prouver que l'entreprise Gort avait le sens de la famille.

Horde de guerriers outragés, les ex-travailleurs de Gort prirent d'assaut la grande avenue qui menait directement à l'usine. Lorsque les Carabiniers et les Gardiens tentèrent de leur bloquer la route, des manifestants lancèrent quelques cocktails Molotov. La riposte de la police fut brutale.

D'abord, de l'acide sulfurique projeté par un canon éclaboussa les premiers rangs de syndiqués. Comme si cette démonstration de force ne suffisait pas, des Gardiens foncèrent parmi les travailleurs en distribuant des coups de matraque paralysants.

Le carnage fut à sens unique durant plusieurs minutes. Puis les manifestants semblèrent tirer du massacre de leurs compagnons un nouveau courage. Le défilé se resserra peu à peu, formant une muraille que la police avait de plus en plus de mal à percer. Ensuite, la muraille se mit à avancer et les policiers reculèrent.

Des officiers réclamèrent l'intervention de véhicules aériens qui ne tardèrent pas à apparaître. Dès lors, il était évident que si les travailleurs continuaient à braver les forces de l'ordre, ils seraient bientôt réduits en bouillie. Pour leur malheur, personne dans leurs rangs n'était en état de raisonner.

Les véhicules aériens, pareils à des ovnis proclamant la supériorité d'une race étrangère, abattirent sur les humains leurs serres de feu. Les Gardiens revinrent en force, déployant les armes que les penseurs de la haute technologie avaient amoureusement conçues au nom du progrès de l'humanité.

Il y eut davantage de survivants que de morts. Mais très peu d'entre eux s'en tirèrent sans avoir été mutilés ou sans avoir, tout simplement, perdu l'espoir d'un monde meilleur où de semblables événements ne se produiraient plus.

Aucun journal télévisé ne parla de cette manifestation désastreuse, la pire à être survenue dans l'histoire du Freedom State. *La Mère l'Oie* lui consacra un numéro spécial qui parut dès le lendemain matin.

Thomas accusait d'irresponsabilité les autres médias qui n'avaient accordé aucune place aux incidents. Précisant que cette absence était loin de le surprendre, il soulignait que des événements semblables, mais de moindre envergure, avaient déjà été passés sous silence dans la presse officielle.

Le même traitement était appliqué aux

excès commis par la police dans l'Ancienne Ville depuis que la Loi d'urgence avait été votée.

Un second article pointait du doigt le gouvernement:

«Nos élus ne prennent plus d'initiatives, ne votent plus de lois et ne font pas appliquer celles qui existent déjà. On dirait que la seule loi qui leur importe en ce moment, c'est la Loi d'urgence qui fait de l'Ancienne Ville un territoire occupé.

«En réalité, les députés et les ministres se comportent comme les serviteurs d'un pouvoir plus imposant que le leur. Par complicité ou par simple conscience de leur faiblesse, ils ont abandonné le Freedom State aux possédants, aux propriétaires d'entreprises, bref, aux citoyens de la Zone privée.»

Dans un autre texte, Virginia Lynx faisait encore une fois allusion à l'énorme pouvoir caché de David Swindler, traitant même le propriétaire des Raiders de «dictateur de l'ère cybernétique».

Au milieu de l'après-midi, le timbre de la porte d'entrée sonna dans les locaux de *La Mère l'Oie*. Comme le journal ne pouvait se payer de réceptionniste, c'était toujours un journaliste qui accueillait les visiteurs imprévus.

— Tu y vas, Doug? lança quelqu'un.

— Oui, oui, répondit Doug.

Il traversa la petite salle d'attente et ouvrit la porte. Ce qu'il vit le figea sur place.

Doug ne resta pas longtemps immobile toutefois, car le Sherlock le renversa avant de filer vers les bureaux. Le journaliste se releva en vitesse.

— Hé, qu'est-ce que tu fous ici? Tu n'as pas le droit!

L'avertissement n'eut aucun effet. Doug cria:

— Attention, tout le monde! Un Sherlock!

Les journalistes sortirent de leurs bureaux presque à l'unisson. En découvrant ce qui se passait, quelques-uns reculèrent. Les autres se précipitèrent avec l'intention de stopper l'intrus.

Comme le Sherlock avait ralenti sa course, Doug put le rattraper. Il sauta sur le robot et l'empoigna par derrière. Le Sherlock lui enfonça son coude métallique dans les côtes. Doug tomba au sol où il se tordit de douleur.

Tous ceux qui tentèrent d'arrêter le robot

subirent un sort comparable. Quelqu'un lança une chaise que le Sherlock écarta en levant un bras.

La voie maintenant libre, il zigzagua d'un bureau à l'autre comme s'il cherchait à localiser quelque chose. Au seuil de la pièce où se trouvait l'ordinateur central de *La Mère l'Oie*, il s'immobilisa. Deux journalistes essayèrent de le faire tomber, mais il leur échappa facilement.

Le Sherlock fonça sur l'ordinateur. Au moment de l'impact, il y eut une gigantesque explosion qui ébranla l'édifice.

***

— Des morts? demanda Thomas au directeur de l'hôpital.

— Heureusement non. Mais six de vos collègues ont été grièvement blessés.

— Et les locaux du journal sont entièrement détruits! Les salauds!

— De qui parlez-vous?

— De ceux qui ont fait le coup, naturellement! Pas besoin d'être devin pour comprendre que c'est un attentat!

Le médecin décida de regarder ailleurs.

— J'exigerai une enquête! cracha

Thomas. Ils vont le payer, je vous le jure!

Puis il dit sur un ton plus calme:

— Je peux voir les blessés?

— Suivez-moi.

À peine une heure après l'explosion, prétextant que le journal attisait la violence par ses propos haineux, le gouvernement promulguait une loi spéciale qui obligeait *La Mère l'Oie* à cesser ses activités.

Chapitre 10

La machine à tuer

Thomas et Virginia étaient accablés.

Assis l'un en face de l'autre dans le salon de la journaliste, la tête penchée sous le poids de l'inquiétude, ils n'avaient plus échangé une parole depuis de longues minutes.

C'était leur première rencontre après la visite de Virginia au *We are the world*. Virginia avait résumé son entretien avec l'ancien joueur de hockey, ainsi que les événements qui s'étaient déroulés ensuite. Mais pour l'instant, le sort de leurs amis blessés par l'explosion les préoccupait plus que tout le reste.

Thomas tenait vraiment à demander une

enquête. Pourtant les journalistes de *La Mère l'Oie* savaient bien qu'un formidable char d'assaut venait d'être lancé contre eux. Le mieux à espérer maintenant était d'éviter d'être broyés sous ses chenilles.

— J'aimerais revenir à Michel Lenoir, dit Virginia Lynx.

— À quoi bon? fit le rédacteur en chef sans relever les yeux.

— Je partage tes sentiments, Thomas. Mais au sujet de Michel, j'ai enfin appris quelque chose. Et c'est important. Le récit de son ancien coéquipier a confirmé mes soupçons.

Thomas balança longuement la tête.

— Ça confirme surtout mon opinion sur ce petit crétin, ajouta-t-il. À force d'être vénéré par tout un peuple et de se faire minoucher comme un prince, il en est arrivé à se prendre pour un être supérieur.

— Non, Thomas, tu te trompes. Tu oublies un détail particulièrement important.

Comme s'il avait épuisé ses dernières énergies, Thomas laissa Virginia poursuivre.

— Tu oublies l'absence de sudation. Michel ne transpirait pas, ça ne veut rien dire à ton avis?

À cet instant précis, un signal sonore retentit dans l'appartement. Quelqu'un se tenait devant la porte d'entrée! Virginia bondit de son fauteuil, puis elle resta debout au milieu de la pièce, figée par la surprise et par la peur.

À l'intérieur de ces immeubles, tout visiteur posté devant la porte avait une minute pour s'identifier. S'il n'avait pas glissé sa carte dans la fente prévue à cet effet, le signal se déclenchait une fois le délai écoulé.

— As-tu une arme à feu? demanda Thomas.

— Non, évidemment!

— C'est dingue d'en être rendu à dire ça, mais tu devrais garder une arme chez toi.

— Toi, tu en as une?

— Non. J'aurais trop peur de blesser quelqu'un.

Le signal sonore se tut. Thomas et Virginia se regardaient, les yeux ronds. Puis la journaliste se secoua.

— Je vais voir qui c'est.

Thomas lui bloqua le chemin.

— C'est moi qui vais répondre. Ils sont venus ici pour toi et je ne veux pas qu'ils te trouvent. Prépare-toi à fuir par l'entrée secondaire.

Virginia dévisageait son collègue avec incrédulité.

— Tu es devenu fou? Thomas, je...

— Virginia, fais ce que je te dis! Je suis encore ton patron, non?

Elle n'avait jamais pu considérer Thomas comme un simple patron, mais son autorité mêlée de désespoir la convainquit. Elle quitta le salon et se rendit jusqu'à son bureau où se trouvait la deuxième sortie.

Thomas s'approcha de la porte sur la pointe des pieds. Tout était silencieux. Il avança la main vers la commande de l'écran-judas afin de voir le visiteur.

Soudain, la porte s'arracha du chambranle avec un fracas de métal déchiré et elle s'abattit sur Thomas. Plaqué au sol, il essaya de soulever le battant qui l'écrasait, lorsque quelqu'un s'introduisit dans l'appartement.

Il ne voyait que les jambes, minces tiges métalliques terminées par des pieds en forme de coupole. En un éclair, il se rappela le récit de ses collègues blessés. Il cria:

— Virginia, sauve-toi! C'est un Sherlock!

Le robot ne bougea pas. Il cherchait sans

doute à déterminer, grâce à ses nombreux dispositifs de détection, la position exacte de Virginia dans l'appartement.

S'étant dégagé la tête et les bras, Thomas agrippa une des jambes du Sherlock. Le robot fit un mouvement brusque pour se libérer. Thomas resserra ses deux mains autour de la jambe, convaincu que la survie de Virginia allait se jouer en quelques secondes.

Une porte s'ouvrit. Il y eut un bruit de course: la journaliste venait de quitter l'appartement par l'autre sortie.

Le Sherlock pivota vers le couloir, entraînant Thomas qui s'accrochait de toutes ses forces. Le poids de l'homme le ralentissait considérablement. Un voisin sortit voir ce qui se passait, puis il rentra précipitamment chez lui.

Le Sherlock arrêta de marcher et baissa ses yeux immenses sur Thomas. Le journaliste crut lire de la colère dans les deux disques convexes. Il pensa se relever afin de mieux affronter son adversaire. Mais s'il agissait ainsi, le robot retrouverait sa liberté de mouvements et rejoindre Virginia serait un jeu d'enfant pour lui.

Thomas resta donc étendu sur la

moquette, mains serrées autour de la tige métallique. Il observait le pisteur qui déciderait de son sort dans les prochaines fractions de seconde.

Le Sherlock leva la main droite, lentement, calculant la vitesse du coup à donner et cherchant le meilleur point d'impact. Thomas vit les doigts qui se crispaient, le poing qui devenait une arme capable d'enlever la vie. Il souhaitait seulement tenir quelques secondes de plus! Juste quelques secondes, le temps que Virginia...

En bougeant rapidement la tête, il parvint à esquiver le premier coup.

Déjà le poing frappait de nouveau. Thomas sentit quelque chose se briser dans son épaule. La douleur rendit son bras gauche inutilisable et seule sa main droite s'agrippait encore au robot.

Le poing frappa une troisième fois. L'étreinte de Thomas faiblit. Sa tête s'abattit sur la moquette. Il ne vit pas le Sherlock s'éloigner rapidement à la poursuite de Virginia.

Pour Thomas, la réalité se résumait à une douleur tellement insupportable qu'elle semblait venir de partout à la fois. Lamentablement, il se répétait qu'il fallait tenir

encore quelques secondes. Quelques secondes!

Il retenait mentalement le Sherlock de
toutes ses forces. Il le retenait! De toutes
ses forces! Il souriait malgré sa douleur,
car en retenant le robot, il donnait à Virginia le temps de s'enfuir.

Il souriait, mais le Sherlock était déjà
loin.

***

En entendant le cri d'alarme de Thomas,
Virginia avait hésité. Elle venait de comprendre avec horreur que son ami allait
peut-être mourir pour elle.

Plantée devant la porte qui lui permettrait de fuir, elle restait attentive aux bruits
de l'appartement. Elle essayait d'imaginer
dans quelle posture se trouvait Thomas.
Était-il blessé? Elle s'insurgeait contre les
images qui se bousculaient en elle.

Puis l'évidence s'imposa: si elle se por-
tait à son secours, il y aurait deux victimes
au lieu d'une seule. Après la destruction de
ses locaux, *La Mère l'Oie* deviendrait
chose du passé et tout ce qu'ils avaient
essayé de préserver disparaîtrait avec elle:
la révolte contre les injustices, la foi en

certaines valeurs, le refus de la soumission.

Ouvrant la porte, elle avait passé la tête dans le corridor, puis elle s'était mise à courir.

Andreas Karadine, un ancien pilote de taxi, vivait au dernier étage de l'immeuble. Lorsqu'il fut remplacé par un robot comme tous les autres de sa profession, Karadine avait refusé de se séparer du véhicule qui assurait sa subsistance depuis tant d'années. Il avait donc acheté son taxi.

Karadine lisait *La Mère l'Oie* et, quand il rencontrait Virginia dans les couloirs ou les ascenseurs, il ne tarissait pas d'éloges sur les articles qui l'avaient frappé.

Un jour, il avait dit à Virginia de ne jamais hésiter à faire appel à lui si son aide était nécessaire.

— Mon taxi est à votre entière disposition, madame Lynx. Demandez et vous recevrez.

Si jamais elle avait eu besoin de son aide, c'était bien maintenant.

La porte de l'ascenseur coulissa. Trois personnes qu'elle ne connaissait pas s'apprêtaient à sortir. Virginia les repoussa dans la cabine et pressa la touche du vingtième.

Au milieu de leurs protestations, ils entendirent un cri de douleur venant du corridor. Thomas!

Pendant que la cabine s'élevait, Virginia expliqua qu'un fou dangereux s'était introduit à l'intérieur de l'immeuble.

Au 20e étage, elle reprit sa course, persuadée que le Sherlock la rejoindrait d'un instant à l'autre. Devant la porte 237, elle sortit sa carte plastifiée et l'introduisit dans l'appareil d'identification. Si Andreas Karadine était absent, il ne restait plus à Virginia que quelques minutes à vivre.

Le temps s'égrenait avec une lenteur irréelle. Pourquoi donc Karadine ne répondait-il pas? Virginia gardait la tête tournée vers l'ascenseur d'où le robot meurtrier n'allait plus tarder à surgir.

Elle frappa contre la porte et cria:

— Karadine! Ouvrez vite! C'est Virginia Lynx!

Andreas Karadine ouvrit enfin. Il la regardait avec stupéfaction.

— Madame Lynx! Que se passe-t-il?

— J'ai besoin de votre taxi! Un tueur est à mes trousses, un robot! Il faut faire vite!

Karadine mit peu de temps à se ressaisir. Il désigna une porte de service au bout du corridor.

— Par là, dit-il.

Virginia lui saisit la main et le força à courir.

La porte s'ouvrait sur un court escalier qui montait jusqu'au toit. Arrivés là-haut, ils se faufilèrent entre les rangées de véhicules. Puis Andreas Karadine posa la main sur l'un des capots et annonça fièrement:

— Voici mon taxi, madame Lynx!

Le Sherlock venait d'atteindre le toit à son tour. Karadine ouvrit la portière et Virginia s'engouffra dans le véhicule en lançant:

— Décollez! Vite!

Karadine actionna le démarreur et saisit les commandes.

Le taxi s'éleva. Virginia Lynx s'aperçut qu'elle poussait un soupir de soulagement. En bas, parmi les véhicules proprement rangés, le Sherlock regardait l'appareil prendre de la hauteur.

— Vous vivez une vie excitante, à ce que je vois, dit Karadine.

— Nous avons vraiment failli y laisser notre peau, vous savez.

Songeant à Thomas qui avait eu moins de chance, elle demanda à Karadine de prévenir, par radio, l'hôpital le plus proche. Si l'équipe médicale arrivait à temps, Thomas s'en tirerait peut-être.

— C'est beau, ça, madame Lynx, dit ensuite Karadine. Mais pourriez-vous m'indiquer où je dois vous conduire?

Elle ne le savait pas encore. Il lui fallait réfléchir, organiser en un tout cohérent les informations dont elle disposait. Et elle n'avait pas beaucoup de temps.

— Allez dans n'importe quelle direction, mais n'atterrissez nulle part. La police me recherche.

Karadine se rembrunit.

— Je vois. Ils ont décidé de vous imposer le silence, hein? Et ils prennent les grands moyens?

— C'est tout à fait ça, Andreas.

Réfléchir. Oublier momentanément l'horreur qu'elle venait de vivre et penser à un problème précis. C'était difficile. Des larmes débordaient de ses yeux. Réfléchir.

Elle revint sur la question qui la préoccupait depuis la veille.

L'absence de sudation de Michel Lenoir était biologiquement impossible. À moins qu'il ne s'agisse d'une malformation? Glandes sudoripares atrophiées? Cela ne tenait pas debout. De plus, Virginia avait déjà vu Michel de près, immédiatement après une partie. Il transpirait comme tout le monde.

Une conclusion spectaculaire s'imposait donc: le Michel Lenoir qu'elle avait connu avait été remplacé par un autre, un double, un faux.

Le vrai Michel Lenoir était humain. Celui qu'on voyait aujourd'hui ne l'était pas. Bien sûr, il jouait au hockey avec une adresse fantastique, mais les joueurs-robots de la fameuse série de trois matches n'avaient-ils pas démontré les mêmes capacités?

En réalité, le Michel Lenoir insaisissable, protégé, caché, n'était autre qu'un robot à l'image du vrai!

Michel Lenoir n'aurait jamais accepté de redevenir un jouet entre les mains de Swindler, ni de présenter des excuses publiques à son propriétaire. Michel Lenoir ne prônait pas l'obéissance et la soumission. Les hologrammes et les messages télévisés étaient d'odieux mensonges, des chefs-d'oeuvre d'usurpation d'identité.

Le seul véritable Michel Lenoir n'était vraisemblablement pas revenu dans la Zone privée. Il se cachait toujours dans l'Ancienne Ville, vivant sous un faux nom la vie pitoyable des Inactifs, et les Gardiens le poursuivaient toujours.

À moins qu'il ne soit mort, ce qui était plus que probable. Car comment aurait-il survécu à cette longue misère, lui qui n'avait connu auparavant que le luxe et le confort?

Sa mort était probable, oui, mais pas certaine. Et il n'existait qu'une manière de s'en assurer: se rendre dans l'Ancienne Ville et se lancer à sa recherche.

De toute façon, Virginia ne pouvait plus demeurer dans la Nouvelle Ville, puisque les détenteurs du pouvoir avaient signé son arrêt de mort. Chez les Inactifs, il lui restait encore des chances de vivre et de combattre. Quant à s'enfuir du Freedom State, cela aurait signifié abandonner la lutte, et pour Virginia il n'en était pas question.

— Nous finirons par nous faire repérer, madame Lynx, dit le pilote avec inquiétude.

Depuis une dizaine de minutes, le taxi accomplissait machinalement des boucles au-dessus de la Nouvelle Ville.

— Je ne voudrais pas vous brusquer,

mais il serait temps de décider où vous voulez vous rendre.

— Conduisez-moi chez les Inactifs.

— Quoi! C'est la Loi d'urgence là-bas! Vous allez vous faire prendre encore plus facilement qu'ici!

Virginia lui adressa un sourire de gratitude.

— Vous êtes gentil de vous préoccuper de moi à ce point, mais ma décision est prise.

— C'est très bien comme ça. Demandez et vous recevrez, je vous l'ai toujours dit.

Sans conviction, Karadine dirigea l'appareil vers un couloir aérien donnant accès à l'Ancienne Ville.

Maintenant qu'elle croyait à la possibilité de retrouver Michel tel qu'il était avant sa fuite, Virginia sentait poindre en elle un sentiment qui ressemblait à de l'espoir.

Fin de la 2ᵉ partie

Table des matières

Parus à la courte échelle, dans la collection Ado

L'intérieur de ce livre est imprimé sur
du papier certifié FSC, 100% recyclé.

Achevé d'imprimer en août 2008 chez Gauvin, Gatineau, Québec